수상한 가족♡
행복을 부탁해

수상한 가족♡행복을 부탁해

청소년 성장소설 십대들의 힐링캠프, 성장

[십대들의 힐링캠프®] 시리즈 NO.59

지은이 | 조영미
발행인 | 김경아

2023년 1월 15일 1판 1쇄 인쇄
2023년 2월 22일 1판 1쇄 발행

이 책을 만든 사람들
책임 기획 | 김경아
기획 | 김효정
북 디자인 | KHJ북디자인
표지 삽화 | 송진욱
경영 지원 | 홍종남
기획 어시스턴트 | 홍정훈, 한선민, 박승아
제목 | 구산책이름연구소
책임 교정 | 이홍림
교정 | 김경미, 이홍림, 주경숙, 김윤지

이 책을 함께 만든 사람들
종이 | 제이피씨 정동수 · 정충엽
제작 및 인쇄 | 천일문화사 유재상

청소년 기획위원
정가인, 양태훈, 양재욱

펴낸곳 | 행복한나무
출판등록 | 2007년 3월 7일. 제 2007-5호
주소 | 경기도 남양주시 도농로 34, 301동 301호(다산동, 플루리움)
전화 | 02) 322-3856 팩스 | 02) 322-3857
홈페이지 | www.ihappytree.com | bit.ly/happytree2007
도서 문의(출판사 e-mail) | e21chope@daum.net
내용 문의(지은이 e-mail) | joym1224@naver.com
※ 이 책을 읽다가 궁금한 점이 있을 때는 지은이 e-mail을 이용해 주세요.

ⓒ 조영미, 2023
ISBN 979-11-88758-60-9
"행복한나무" 도서번호 : 161

수상한 가족♡ 행복을 부탁해

| 조영미 지음 |

행복한
나무

차례

우리 가족의 비밀

현관문을 열자 아빠의 검은 구두가 보였다. 2주 동안 이가 빠진 것처럼 빈 공간을 드러냈던 현관이 비로소 가득찬 듯했다. 나는 재빨리 신발을 벗고 집 안으로 달려갔다. 반가운 마음에 안방 문을 활짝 열었다.

"아빠!"

나는 자연스레 아빠의 발밑에 있는 캐리어로 눈길을 돌렸다. 아빠는 해외 출장을 다녀올 때마다 놀랄 만한 선물을 건네고는 했었다. 아빠가 내 머리를 살짝 쥐어박으면서 말했다.

"요 녀석, 아빠보다 선물을 더 기다렸구먼."

선물로 보이는 과자 상자 하나를 들고 주위를 두리번거렸다. 자기 방에서 눈치를 보고 있던 준기도 안방으로 따라 들어오더니 아무 말도 없이 아빠 캐리어를 휘젓기 시작했다.

"진짜 이게 다야?"

허탈함에 나도 모르게 숨이 크게 내쉬어졌다. 아빠는 내 말을 듣는 둥 마는 둥 하더니 화장실로 들어가 버렸다. 순간 과자 상자의 반대편을 준기가 잡는 게 느껴졌다. 나는 상자를 내 쪽으로 힘껏 당겼다.

"아 뭐야! 같이 나눠 먹어야지!"

"누가 혼자 먹는대? 넌 얼른 니 방으로 가."

"너 그거 혼자 다 먹으면 돼지 된다. 백 킬로 될 거니까 두고 봐."

"너, 너? 너 지금 누나한테 너라고 했냐?"

준기가 입술을 씰룩거리면서 나를 노려봤다. 나 역시 질세라 눈에 더 힘을 주고 준기를 노려봤다. 준기는 눈에서 레이저 빔을 쏘며 욕하는 입 모양을 하더니 방에서 나가 버렸다.

아빠의 빈 캐리어를 보니 우리 집 형편이 이전과는 다르다는 게 또 한 번 실감 났다. 전 세계에 전염병이 유행하면서 여행을 떠나는 사람들이 급격하게 줄었다. 이런 상황이 2년 넘게 지속되면서 아빠가 다니는 여행사도 부도 위기를 맞았다. 아빠 회사의 위기는 고스란히 우리 집의 어려움으로 이어졌고, 가정주부였던 엄마도 일을 시작해야만 했다.

전염병은 지난 몇 달 동안 우리 반 애들의 거의 절반이 감염될 만큼 위세를 떨치더니 이제 비로소 안정을 찾아 가는 듯했다. 굳게 걸어 잠갔던 국경을 열고 해외 여행객들을 받는다는 나라들의 소식이 뉴스에서 전해졌다. 아빠의 이번 해외 출장은 그 신호탄과도 같았다. 이제 다시 여행 가는 사람들이 많아지고 여행사가 잘 되면 우리 집도 이전의 모습을 되찾을 수 있을 것이다.

그때 윗집에서 쿵쿵대는 소리가 들렸다. 쿵, 쿵 소리는 청각을 넘어 촉각으로도 느껴질 만큼 불쾌한 진동을 만들어 냈다.

"윗집은 뭘 하는데 이렇게 쿵쿵거려?"

화장실에서 나온 아빠는 주방에서 설거지를 하고 있던 엄마에게 말을 건넸다. 엄마는 아빠를 돌아보지 않은 채로, 먼저 한숨을 푹 내쉬고는 대답했다.

"몰라. 하루 이틀도 아니고, 도대체 뭘 하는데 이렇게 시끄러운지 원……."

"아니, 그럼 한번 올라가 봤어?"

"됐어. 어떤 사람들인 줄 알고."

"그래도 집에 있는 사람이 한번 가서 말은 해 봐야지. 이렇게 시끄러워서 어떻게 살아."

그제야 엄마가 아빠 쪽으로 돌아섰다. 아까 나를 바라보던 준기의 표정과 엄마의 얼굴이 겹쳐 보였다. 엄마 목소리가 점점 커졌다.

"나도 지금 집에 왔거든? 그러는 당신이 남자답게 한번 올라가 보든지."

"왜 또 큰 소리야? 힘들게 일하고 이제 온 사람한테!"

"누구는 일 안 하냐고!"

"그것 좀 벌어 온다고 유세 떨기는……."

"그것 좀? 지금 그것 좀이라고 했냐?"

"남자답게는 무슨, 생전 남편 대접도 안 하면서 남자답게는 무슨."

오랜만에 만난 엄마와 아빠는 오늘도 어김없이 싸우기 시작했다. 따져 보자면 먼저 잘못을 저지른 쪽은 윗집이었다. 윗집의 소음은 갈수록 심해지고 있었다. 하지만 나는 이어폰으로 귀를 막아 버리면 그만이었고, 송준기 역시 맨날 헤드폰을 쓰고 게임만 해 대니 층간 소음 따위에는 관심 없을 것이다. 주로 조용히 혼자 드라마를 보는 엄마만이 윗집을 노려보며 스트레스를 받았을 것이다.

내가 올라가서 윗집에 조용히 해 달라는 말을 전할까 싶은 생각이 들었다. 이 집에서 차분하게 의사를 전달할 수 있는 사람은 아무리 생각해도 나밖에 없었다. 엄마는 설거지도 멈추고 화를 삭

이지 못해 팔짱을 끼고 서 있었다. 엉거주춤 서 있지만 여전히 거대한 아빠의 덩치 역시 쉽게 물러설 것 같지 않았다. 슬쩍 문을 열고 방에서 나왔다. 그 순간 엄마와 눈이 마주쳤다.

"송지민, 안 들어가?"

갑자기 나한테 불똥이 튀었다. 나는 아무런 대꾸 없이 내 방으로 들어가며 문을 쾅 닫았다. 소리 나게 닫고는 싶었지만 이렇게 세게 닫힐 줄은 몰랐다. 쾅 소리와 함께 놀란 혀가 날름 튀어나왔다.

"왜 또 지민이한테 소리를 질러?"

내게 소리친 엄마를 탓하는 아빠 목소리가 들려왔다. 엄마는 한참 동안 날카로운 목소리로 아빠를 향해 끝없이 쏘아붙였다. 나는 침대에 걸터앉아 엄마가 하는 말들을 연기하듯 따라 했다. 허공에 대고 두어 번 삿대질을 하기도 했다.

"엄마, 나 배고파."

송준기 목소리였다. 중학생이 되더니 송준기 목소리는 더 밥맛없게 변했다. 키만 멀대같이 컸을 뿐 아직 얼굴은 애기였다. 젖살이 빠지지 않아 동글동글한 얼굴이 귀엽지는 않지만 어려 보이기는 했다. 그런 애가 변성기가 온 목소리로 말하니 진짜 봐 주기 어려웠다. 이제 곧 준기의 허연 얼굴에 시커먼 수염이 듬성듬성 솟아날 거라 생각하니 소름이 돋는 것 같았다.

중학생이 되고 변성기가 와도 송준기는 여전히 송준기였다. 이런 상황에 배고프다고 말하는 저 눈치 없음. 한배에서 태어났다는 게 믿기지 않는다. 부끄럽다.

"금방 밥할 거야. 기다려."

"엄마, 나 라면 먹으면 안 돼앵? 이번 주에는 라면 한 번도 안 먹었단 말이야아앙……."

저 덩치에 애교 부리는 꼴하고는. 어휴, 진짜 극혐이다. 더 듣다가는 토 나올 것 같다. 방문을 닫고 있어도 준기의 몸짓이 눈앞에 그려졌다. 아마도 지금은 어깨를 한쪽씩 실룩거리면서 몸을 들썩이고 있을 것이다.

이윽고 전기밥솥의 안내 멘트가 들리고 도마에 칼질하는 소리가 이어졌다. 층간 소음도 아까보다 잦아든 듯했다. 아무 목소리도 들리지 않는 걸 보니 아빠와 준기는 방에 들어간 것 같다.

나는 주방으로 가서 저녁 식사 준비를 도왔다. 수저받침 위에 숟가락과 젓가락을 올렸다. 송준기 숟가락은 일부러 뒤집어 놨다. 젓가락을 한 짝만 놓고 싶은 마음이 올라오는 걸 괜히 또 분란을 일으킬까 봐 꾹 참았다.

밥을 세 공기 푸고 나니 밥솥의 바닥이 드러났다. 주걱으로 아무리 솥을 긁어 봐도 밥이 더 있을 리 없었다. 엄마가 밥솥을 힐끗 보더니 깜짝 놀라 말했다.

"어머, 내 정신 좀 봐. 요즘 맨날 3인분 하는 게 습관이 돼서……."

"내가 햇반 먹을게."

엄마는 고개를 절레절레 저으면서 즉석 밥을 찾았다. 즉석 밥과 라면을 보관하는 서랍을 열었더니 라면 두 개만이 덩그러니 놓여 있었다. 엄마는 급하게 라면을 하나 끓여 4인분의 저녁상을 완성했다.

"당신은 웬 라면이야?"

"먹고 싶어서."

엄마의 대답이 무색하게 라면은 결국 송준기의 차지가 됐다. 젓가락 한가득 면발을 들고 후후 불어 가며 면 치기를 연습하는 면상을 한 대 때려 주고 싶었다. 상황이 이렇게 되니 라면을 먹고 싶었다는 엄마의 대답에 아빠가 의문을 품지 않을 수 없을 것이다.

"애들 먹는 것 좀 신경 써."

아빠의 한마디에 엄마가 숟가락을 소리 나게 내려놨다. 상 반대편으로 고개를 돌리고는 한숨을 크게 내쉬었다. 엄마가 하고 싶은 말들을 속으로 삼키는 소리가 다 들리는 것만 같았다. 아빠 역시 이 상황이 불편한지 밥상에만 시선을 고정한 채 반찬은 먹지 않고 밥만 먹었다.

아빠가 밥공기를 거의 다 비우자 엄마가 천천히 입을 열었다.

"오늘 내가 얼마나 힘들었는지 알아?"

아빠와 나는 대답 없이 엄마의 얼굴을 바라봤다. 송준기는 라면 국물에 엄마가 남긴 밥을 말아 숟가락으로 꾹꾹 누르고 있었다.

"봉지에 한가득 오렌지를 담아 온 사람이 있었어. 개수를 세어서 확인하는 게 내 일이잖아? 실수 없이 계산을 해야 하니까. 그래서 세고 있는데 화를 내는 거야. 삼십 개라니까 내 말을 못 믿는 거냐고 나한테 소리를 지르는 거야. 그러더니 오렌지를 굴려서 바닥에 막 떨어뜨리더라? 주위 사람들 다 쳐다보고 점장도 나와서 무슨 일이냐고……."

유튜브에서 진상 손님 직캠을 여러 번 본 적이 있었다. 세상에 그렇게 이상한 사람도 있다는 게 그저 신기하고 재미있을 뿐이었다. 그런데 하필 그런 진상을 엄마가 만난 모양이었다. 나도 모르게 입이 점점 더 크게 벌어졌다.

"쪼그려 앉아 오렌지를 주우면서 점장한테 그냥 개수를 세어 본 것뿐이라고 했거든. 특히 과일 행사 상품 개수가 안 맞는다고 계산할 때 꼭 세어 보라고 오늘 아침에도 점장이 강조했었는데, 손님 앞에서는 그러더라? 손님이 말씀하셨으면 그냥 그렇게 찍고 넘기지 이걸 언제 다 세어 보냐고……."

엄마 말을 듣고 있는 아빠는 일시 정지 버튼을 누른 것처럼 굳은 상태였다. 나는 욕이 나오려는 걸 꾹 참았다. 손님보다도 점장한테 화가 났다. 엄마는 점장에 대해 이전에도 가끔 이야기한 적이 있었다. 엄마보다 나이가 한참 더 어리다고 했다.

"점장이 손님한테 죄송하다고 고개를 굽히고 나한테도 얼마나 눈치를 주는지. 그런데 그 사람 결국 오렌지 안 산다고 그냥 갔어."

진상도 그런 진상이 왜 하필 엄마 앞에 나타난 걸까. 자존심 강한 성격의 엄마가 얼마나 힘들었을지 그 마음이 느껴졌다. 눈물이 찔끔 나올 것만 같았다. 엄마의 말을 듣고 있는지 아닌지, 송준기는 라면 국물을 싹싹 긁어 먹고 있었다. 그때 아빠가 입을 열었다.

"그럴 때는 손님한테 좀 다르게 말해 봐. 손님, 적게 가져가실까 봐 확인해 드릴게요. 이렇게."

오, 아빠의 아이디어가 생각보다 신선하게 다가왔다. 그렇게 말하면 아빠 말대로 손님이 언짢아하지 않을 것 같기도 하다. 하지만 아빠의 말을 들은 엄마의 표정이 순식간에 싹 변했다. 이전까지의 표정이 슬픔과 억울함이었다면 지금은 분노와 원망이었다.

"당신은 지금 나한테 그게 할 말이야? 내가 얼마나 힘들었을지 먼저 위로해 주는 게 맞지 않아?"

엄마 목소리가 점점 더 커졌다.

"당신이 사회생활 안 해 봐서 그래. 그 정도 힘들지 않고 돈 버는 사람이 어디 있어? 돈 버는 게 어디 그렇게 쉬울 줄 알았어?"

상대의 말에 공감하는 표현을 사용하는 게 얼마나 중요한지 중학교 국어 시간에도 나오는데, 아빠는 그걸 모르는 것 같았다. 엄마를 가르치듯 대수롭지 않게 말하는 아빠 얼굴을 보며 나는 고개를 가로저었다. 엄마는 손님, 점장 이야기를 하면서도 펴고 있던 양손을 꼭 쥐었다. 식탁 밑에 있는 엄마의 두 손이 불끈 주먹 모양으로 변하는 것을 나는 분명히 보고 말았다. 금방이라도 그 주먹이 상 위로 치솟을까 봐 두려운 마음이었다.

"엄마, 나 라면 하나 더 먹으면 안 돼?"

한 식탁에 앉아 있었지만 준기는 혼자만 다른 세상에 있는 것 같았다. 어떻게 저렇게 눈치가 없을 수가 있는지, 나는 그게 의문이다. 엄마가 대답을 하지 않자 준기는 허락의 표시로 받아들이고 서랍을 열었다. 라면 봉지를 한 손에 쥐고는 고춧가루가 끼인 이빨이 다 드러나 보일 정도로 씨익 웃어 보였다.

그 순간 아빠가 텅 비어 있는 서랍을 보고 말았다. 세계에 전염병이 돌기 이전, 그러니까 엄마가 일을 나가지 않아도 가정 형편이 괜찮았던 시절에는 싱크대 서랍이나 냉장고, 냉동고까지 먹을 것으로 가득하곤 했었다. 아빠가 할 말과 거기에 이어질 엄마의 대답이 머릿속에 빤히 그려졌다. 반복되는 레퍼토리였다.

"애들 먹는 것 좀 신경 쓰라니까."

오늘 아빠 목소리는 그 언제보다 더 흥분되어 있었다. 그런데 아빠는 이에 대한 엄마의 대답을 그새 잊어버린 걸까. 두 사람은 어떻게 이렇게 같은 내용으로 여러 번 싸울 수 있을까.

"생활비라도 주고 말하라고. 누구는 신경 안 쓰고 싶어서 안 쓰냐고!"

"당신 지난달에 그 가방만 안 샀어도 애들 먹을 거 많이 살 수 있었잖아!"

"그깟 가방 하나 샀다고 몇 번을 얘기하는 거야? 다른 집 남편들처럼 명품 가방이라도 하나 사 줘 봤어? 어? 사 줘 봤냐고?"

자리에서 일어난 엄마는 어느새 아빠 옆으로 다가가 아빠 어깨를 밀치고 있었다. 화가 난 엄마 얼굴이 점점 더 빨개졌다. 금방이라도 터질 것 같았다. 이제야 상황을 파악한 듯한 송준기가 가스레인지 앞에 서서 멍하니 엄마 얼굴을 바라봤다. 아빠는 나와 준기를 번갈아 바라보더니 엄마 손을 툭툭 치며 그만하고 진정하라고 말했다. 엄마는 그 자리에서 눈을 꾹 감고 아무 말 없이 한참을 서 있었다.

싸우는 소리가 그치고 집 안에는 매콤한 라면이 보글보글 끓는 소리만이 울려 퍼졌다. 엄마는 여전히 입을 꾹 다물고 밥상을 치우기 시작했다. 나도 따라 일어나 잔반을 정리하고 그릇을 개수대에 담았다.

그때 냉장고를 두어 번 열었다 닫았다 하던 송준기가 말했다.

"엄마, 계란 없어?"

*

💬 국어 수행 준비 다 함? 여행지 소개하는 게 젤 낫겠지?

서연이의 메시지를 받고 내일 1교시 국어 수행평가에 대한 생각이 번쩍 떠올랐다. 갑자기 마음이 다급해진 나는 준기의 방으로 향했다. 컴퓨터는 준기의 방에 있었다. 컴퓨터를 쓸 때마다 준기 방에 가야 하는 게 여간 불편한 일이 아니다.

준기는 오늘도 어김없이 헤드폰을 쓰고 게임 중이었다. 나는 헤드폰 한쪽을 들어 준기의 귀에 대고 말했다.

"나 수행평가 해야 돼."

준기가 내 손을 탁 치더니 노려봤다. 어쭈.

"기다려. 20분만 있으면 끝나."

벌써 10시가 넘었는데 20분이나 기다릴 수는 없었다. 나는 다시 준기의 헤드폰을 들고 신경질적인 목소리로 말했다. 준기는 꼭 이렇게 화를 내야 말을 들을 때가 많았다.

"나 빨리 해야 된다니까?"

준기가 자리에서 벌떡 일어났다. 언제 이렇게 키가 컸는지 170

센티가 훌쩍 넘은 준기는 가소롭다는 표정으로 나를 내려다봤다. 고개를 들어 준기를 노려보려니 자존심이 상했다.

"20분만 있으면 끝난다니까?"

"지금 벌써 10시 넘었다고. 나 수행평가 빨리 해야 된다고. 너 지금 게임이 중요해, 수행평가가 중요해?"

"그렇게 중요한 거였으면 니가 진작 했어야지."

"뭐? 니가? 너 지금 누나한테 또 시비 털었냐?"

점점 내 목소리가 커지는 게 느껴졌다. 엄마가 방문을 열었다. 엄마는 우리를 번갈아 보더니 한숨을 푹 내쉬었다.

"왜 그래, 또?"

"나 수행평가 해야 되는데 얘가 게임한다고 안 비켜 줘."

"아니, 20분만 기다리라고 했잖아. 지금 팀플이라 나 혼자 못 빠진다고."

"진짜 노답이네. 지금 너 게임 팀플하는 게 중요하냐? 나는 수행평가 준비해야 된다니까?"

엄마 앞에서 각자의 입장을 토로하는 모습이 어린 시절 그대로였다. 준기가 철들지 않는 한 우리는 계속 이렇게 싸울 것만 같다.

"지민, 엄마 노트북 빌려줄 테니까 이리 와."

엄마 노트북? 엄마에게 노트북이 있었나? 엄마는 안방 침대에 있던 작은 노트북을 내게 건네줬다. 크기는 작았지만 가벼워서 좋았다.

내일 국어 수행평가는 비유적 표현을 사용하여 소개하는 글을 쓰는 것이다. 수행평가 안내를 처음 들었을 때부터 나는 여행지를 소개해야겠다고 생각하고 있었다. 그래 봐야 내가 여행 가 본 곳이라고는 부산밖에 없었다. 아빠가 여행사에 다닌다고 해서 여행을 많이 다니는 것은 아니었다. 일로 느껴져서일까, 오히려 더 갈 일이 없었다.

부산의 바다가 아직도 눈앞에 아른거린다. 햇빛 아래에서 바닷물은 별처럼 반짝였다. 이렇게 쓰고 직유법. 우리 가족은 저녁을 먹으러 갔는데 송준기는 회를 진짜 많이 먹었다. 내 동생은 돼지이다. 이렇게 쓰면 은유법. 송준기와 티격태격 다투고 있는데 파도 소리가 커서 송준기 목소리가 점점 들리지 않았다. 파도가 큰 소리로 송준기를 나무라는 것 같았다. 이렇게 쓰면 의인법! 부산에 대한 객관적인 정보도 담아야 하기에 인터넷으로 더 찾아봐야 할 것 같다.

엄마의 노트북 배경 화면은 아주 깨끗했다. 아마도 엄마는 이 노트북으로 드라마나 찾아볼 것이다. 다른 용도로 사용할 것 같진 않았다.

인터넷 아이콘을 클릭했다. 홈으로 설정된 포털 사이트에 엄마 아이디가 자동 로그인되어 있었다. 검색 칸으로 마우스를 옮겨 클

릭했다. 이전 검색어가 아래로 쭉 이어졌다. 순간 눈앞이 핑 돌면서 벼랑에 선 기분이 들었다. 엄마가 이런 단어를 검색해 봤다는 게 믿기지 않아 두 눈을 질끈 감았다가 떴다. 손바닥으로 눈을 꾹 눌렀다가 마구 비볐다. 하지만 검색어 기록은 그대로였다. 한참을 멍하니 모니터를 응시했다.

아빠는 거실 소파에 잠들어 있었다. 엄마는 이불을 네모나게 접힌 채로 아빠에게 던지듯 건네주고는 안방으로 들어가 버렸다. 조그만 이불 아래로 몸을 웅크리며 아빠 몸이 점점 더 쪼그라들었다.

엄마와 아빠 사이가 좋지 않은 것은 이미 알고 있었다. 하지만 한 번도 이런 단어까지는 떠올려 보지 못했다. 엄마의 노트북 검색 창을 보기 전까지는. 침대에 누웠지만 좀처럼 잠이 오지 않았다. 속이 울렁거리는 것 같기도 하고, 이마 부분이 묵직한 게 두통도 있었다. 손톱으로 미간을 꾹꾹 누르면서 엄마의 노트북 검색 기록을 되짚어 봤다.

키가 큰 아빠가 내 쪽으로 허리를 굽히더니 다정하게 말했다. 얼마 만에 들어보는 다정한 말투인지 눈물이 찔끔 나올 것 같았다.

"이제 지민이가 가장이니까 씩씩하게 잘 지내야 한다. 준기랑 싸우지 말고.”

나는 있는 힘껏 고개를 가로저었다. 절대 그럴 수 없다고, 절대 그러지 않을 거라고 대답해야 하는데 목구멍까지 눈물이 차올라 말이 나오지 않았다. 눈물과 콧물이 얼굴을 타고 흘러내리는데 입을 벌릴 때마다 침까지 새어나왔다. 베개가 흠뻑 젖어 가는 게 느껴졌다. 베개가, 그리고 이불이, 침대 매트가.

꿈인가? 정신이 번쩍 들어 눈을 떴다. 두어 번 눈을 깜빡였다. 드디어 나도 초경을 한 걸까? 이불이 새빨간 피로 물들어 있을까? 오른손으로 조심스럽게 배를 쓰다듬었다. 배에 별다른 느낌은 없었다. 친구들이 말했던 느낌에 내 컨디션을 끼워 맞춰 봐도 고개가 갸웃할 뿐이었다. 이불을 슬쩍 들어 본 순간, 나는 초경을 한 것보다 더 경악할 수밖에 없었다.

이건 송준기가 알면 최소 10년은 놀릴 만한 사건이다. 아니, 아마도 평생은 우려먹을 것 같다. 벌떡 일어나 손으로 부채질을 해 보았지만 하얀 이불에 남은 노란 소변의 분명한 경계는 사라지지 않았다. 괜히 방문을 힐끔거렸다.

다행인 건 요즘 내 방에는 아무도 들어오지 않는다는 점이었다. 아침이면 엄마도 출근 준비를 하느라 정신이 없었다. 학교에서 돌아오면 엄마 아빠는 아직 오지 않았을 시간이다. 서두르면 세탁기도 몰래 돌릴 수 있다. 송준기는 게임에 정신이 팔려 있을 테니 어렵지 않을 것이다.

♡ 2 ♡
악몽이 되어 내린 생일

어제 엄마의 노트북을 본 이후로 하루 종일 수업에 집중이 되지 않았다. 서연이에게 상담을 요청했다. 조금이라도 빨리 말을 꺼내고 싶었는데 쉬는 시간은 너무 짧았다. 또 점심시간에는 초아가 일어나 있어서 말할 수 없었다.

오월의 싱그러운 나무들이 연두색 잎을 활짝 벌리고 우리를 기다리고 있었다. 상담이 필요하다는 말에 서연이는 온종일 내 표정을 살폈다. 빨리 털어놓고 싶은 내 마음만큼이나 서연이도 궁금함에 다급한 눈치였다. 초아와 헤어지고 둘만 남자 서연이가 내 손을 가볍게 쥐었다 놓으면서 신호를 보냈다.

"엄마가 이혼을 생각하는 것 같아⋯⋯."

말이 나오자마자 서연이의 눈과 입이 동시에 동그래졌다. 서연이의 가무잡잡한 얼굴 위로 햇살이 눈부시게 쏟아졌다. 서연이는 잠자코 발을 내디뎠다. 아무리 똑똑한 서연이라 해도 이런 문제에 대해서까지 해결책을 척척 제시하긴 어려울 것이다. 나는 설명을 덧붙였다.

"어제 엄마 노트북을 빌렸는데 거기 검색어를 보니까 이혼, 이혼 변호사, 양육권, 위자료, 이런 말들이 남아 있더라고⋯⋯."

"많이 놀랐겠다⋯⋯."

서연이는 일단 공감해 주었다. 아빠가 서연이의 반만큼이라도 공감 능력을 가졌다면 얼마나 좋을까. 그렇다면 내가 지금 이렇게 걱정하고 힘들어 할 이유도 없을 텐데.

"엄마 아빠 많이 싸우셔?"

"어제 아빠가 출장 갔다 2주 만에 왔는데, 만나자마자 계속 싸웠지. 엄마랑 아빠는 둘이 대화가 이어지지를 않아. 그래도 설마 이혼까지 생각할 줄은 몰랐는데, 어제 엄마 노트북 보고는 한 대 얻어맞은 것 같더라."

"정말 그랬겠는데? 너랑 동생 앞에서도 대놓고 싸우시는 걸 보면 두 분 사이에 갈등이 참을 수 없이 깊어진 걸 수도 있어."

"엄마 아빠가 이혼하면 어떻게 되는 거지?"

서연이는 내 눈을 지그시 바라보더니 살짝 미소를 띠며 말했다.

"근데 미리 걱정할 필요는 없을 것 같아. 나는 어제 소개팅 검색해 봤거든? 수행 준비하다가 갑자기 궁금해져서. 소개팅으로 시작했다가 소개팅 옷차림, 소개팅 음식, 소개팅 장소, 소개팅 계산까지 나아가니까 끝이 없더라."

"엥? 갑자기 웬 소개팅?"

"그러니까 말이야. 하하하."

서연이는 어깨가 들썩일 정도로 웃더니 다시 표정을 가다듬고 말했다.

"검색은 별 생각 없이 할 수도 있어. 내가 소개팅을 찾아보는 것처럼. 너네 엄마도 검색만 해 보신 걸 수도 있어. 이혼이 말처럼 그렇게 쉬운 게 아니야."

서연이 말을 듣다 보니 점차 마음이 진정됐다. 서연이 말처럼 검색해 본 걸로 치면 나는 벌써 유학도 여러 번 다녀왔을 것이고, 부정행위도 몇 번이나 했을 것이다. 또, 때마다 아이돌 콘서트도 쫓아다녔을 것이다.

서연이는 내가 여태까지 본 친구들 중에 가장 똑똑한 아이였다. 이렇게 말하면 사람들은 서연이가 전교 1등 정도는 되는 줄 알겠지만, 공부를 잘하는 것과 똑똑한 것은 엄연히 다른 영역이라는 게 내 생각이다. 공부에는 별로 흥미가 없지만 생활 속에서는 얼마든지 영리하고 현명할 수 있다. 서연이가 바로 그런 스타일이다.

작년에 서연이와 편의점에서 핫도그를 먹은 적이 있었다. 핫도그는 전자레인지에 40초만 돌리면 되는데 편의점 전자레인지에는 이미 10분 넘는 시간이 입력되어 있었다. 그 시간을 지우기 위해 이것저것 눌러 보며 쩔쩔매고 있을 때 서연이가 망설임 없이 시작 버튼을 눌렀다. 그러더니 40초가 지나자 취소 버튼을 누르고 내게 핫도그를 건네줬다. 그 순간 나도 모르게 영어 시간에 배운 '리스펙트'라는 단어가 떠올랐다. 올해 서연이와 같은 반이 된 나는 옆에 꼭 붙어서 이런저런 상식을 쌓아 가는 중이다.

서연이와 대화를 나누면서 조금은 진정됐지만 걱정이 말끔히 지워지지는 않았다. 서연이처럼 화목한 가정에서는 이혼이 어려운 일일 수 있다. 우리 집과는 사정이 매우 다를 테니까.

그때 서연이가 손가락을 구부리더니 휴대폰을 반으로 탁 접었다.

"대박! 너 이거 폰 바꾼 거구나?"

서연이 손가락의 움직임을 따라 휴대폰은 손바닥보다도 작은 크기로 귀엽게 접혔다. 나는 서연이에게서 휴대폰을 건네받아 열었다 닫았다 하며 이리저리 살펴보았다. 광고에서 봤던 신제품이었다.

"안 바꿔도 되는데 아빠가 굳이 또 샀네."

서연이 아빠는 서연이에게 비싼 선물을 자주 해 주는 편이었다. 너무 부러워서 자세히 물어본 적은 없었다. 서연이 아빠는 능력 있고 자상한 이미지였다. 내가 생각하는 이상적인 아빠의 모습이 딱 서연이의 아빠였다.

"아, 생리 끝나니까 살 것 같다."

작년에 초경을 시작한 서연이는 매달 생리할 때마다 죽을 맛이라고 한다. 수시로 뻘건 피가 왈칵 쏟아지는 느낌이 몹시 불쾌하단다. 또 그날이 되면 며칠 동안 아랫배가 묵직하게 부풀어 오르는데 가끔은 콕콕 찌르는 통증이 느껴지기도 한단다. 힘들고 괴롭다고 말했지만 나로서는 아직 경험해 보지 못한 부분이라 부러울 뿐이었다. 서연이의 생리담을 듣다가 잊고 있던 중요한 사실이 떠올랐다.

"나 빨리 집에 가야 돼. 서연아, 내일 더 얘기하자."

서연이에게 손을 흔들고 급히 집으로 향했다.

집에 도착하자마자 방으로 들어가 이불을 걷고 침대 커버를 벗겼다. 노랗게 물든 부분이 보이지 않도록 돌돌 말았다. 재빨리 세탁기를 작동시키고는 소리가 들리지 않도록 베란다 문을 꽉 닫았다.

준기 방의 문이 살짝 열려 있었다. 나는 조용히 문을 더 열었다. 모니터 앞에 앉아 있는 준기의 뒷모습이 보였다. 웬일로 헤드폰을 쓰고 있지 않았다. 거대한 뒷모습 너머로 모니터 화면이 조금씩 나타났다 가려졌다를 반복했다. 저건, 메신저, 채팅 화면?

"송준기!"

내 목소리에 준기가 화들짝 놀라며 대화 창을 닫았다.

"아 뭐야. 노크하고 들어오라고 했잖아."

"너 뭐 이상한 거 하는 거 아니지?"

"뭘 이상한 걸 해. 이상한 거 안 하니까 걱정 마."

"너 자유학년제라고 놀지만 말고 지금부터 공부해라."

준기가 짜증 난다는 표정으로 나를 노려봤다. 입술을 씰룩거리더니 다시 컴퓨터 앞으로 몸을 돌렸다. 모니터 앞에서 구시렁거리는 소리가 들렸다.

"지나 잘할 것이지, 맨날 나한테 시비 털고 있어."

"야! 너 뭐라고 했어? 다시 말해 봐!"

나는 준기 의자를 내 쪽으로 다시 돌리며 주먹을 쥐어 보였다. 이제 몸싸움을 한다면 아마도 내게는 승산이 없을 것이다. 저 덩치로 누르기만 해도 나는 꼼짝하지 못할 것이다. 하지만 절대로 이 두려움을 들켜서는 안 된다. 준기는 다행히 아무 말도 하지 않았다.

"한 살 차이여도 누나는 누나야. 너 내가 맞먹는 거 제일 싫어하는 거 알지?"

모니터 하단에 내려놓은 대화 창에서 주황색 빛이 번쩍거리며 새 메시지가 왔음을 알렸다. 준기가 귀찮다는 투로 성의 없게 대답했다.

"알아, 알아, 누나. 알겠으니까 나가서 볼일 보셔."

왠지 이번 판은 준기에게 진 기분이 들었다.

*

학교에 도착하니 책상 위에 쇼핑백이 가득했다. 친구들이 준비한 내 생일 선물이다. 함박웃음이 지어졌다. 뒷문에서 서연이와 초아가 작은 케이크를 들고 걸어오고 있었다. 동그란 케이크 한가운데 커다란 초가 하나 꽂혀 있었고 작은 초 다섯 개가 주위를 에워싸고 있었다.

주위에 있던 아이들 몇 명도 같이 따라와 생일 축하 노래를 불러 주었다. 벽시계를 힐끔거리며 노랫소리가 점점 빨라졌다. 5G급 속도로 노래를 부르고 촛불을 껐다. 조회 시간이 가까워지고 있었다. 우리는 담임이 오기 전에 케이크를 해치우자는 생각으로 무섭게 달려들었다. 케이크를 없애는 데는 3분도 채 걸리지 않았다.

　조회 시간에 담임 눈치를 보며 선물을 하나씩 뜯어 봤다. 맛있는 과자와 초콜릿이 가득한 쇼핑백은 옆 반 하윤이가 놓고 간 선물이었다. 초등학교 때부터 친구인 하윤이와는 다른 반이 되어도 잊지 않고 매년 서로의 생일을 챙기고는 한다. 특히 요즘은 과고 입시를 준비하느라 많이 바쁠 텐데 이렇게 정성껏 내 생일을 챙겨 주다니, 말로 표현할 수 없을 만큼 고마웠다. 센스 있는 하윤이는 초콜릿을 좋아하는 내 취향을 잘 기억하고 있었다.

　커다란 쇼핑백 안에는 쿠션처럼 말랑말랑한 덩어리가 네 개나 들어 있었다. 무슨 선물인지 도무지 떠오르지가 않았다. 조심스럽게 포장을 벗기자 하얀 비닐이 보였다. 윗부분에 무표백, 유기농이라는 글자가 나타났다.

　건너편에 앉은 서연이가 담임 눈치를 보면서 내 쪽으로 애타게 손을 흔들었다. 입 모양으로 조심스럽게 이따가 뜯어 보라는 말을 전했다. 선물의 정체를 알아차린 나는 주위 남자애들의 눈치를 보며 괜히 얼굴이 벌게졌다.

　점심을 먹고 운동장을 산책하는 중이었다. 매일같이 아침 조회부터 엎드려 있는 초아는 점심시간 종이 울리면 기가 막히게 일어난다.

"생활 밀착형 선물 어땠어?"

초아가 내 쪽으로 고개를 돌리더니 물었다.

"고마워. 잘 쓸게!"

"갑자기 터지면 정말 당황스럽다니까. 미리 준비해 놔야 해."

둘은 준비한 선물이 스스로 생각하기에도 꽤나 기특한지 몹시 뿌듯해 했다.

"써 본 것들 중에 제일 부드럽고 흡수력 좋은 것들로만 고른 거니까 괜찮을 거야. 초아랑 의논 많이 했어."

나 말고 거의 모든 아이들이 이제 초경을 한 것 같았다. 친구들의 생리담을 듣고 있을 때면 혼자만 어린아이가 된 것 같았다.

"너네는 부모님 결혼기념일에 선물 뭐해?"

갑작스런 초아의 질문이었다. 부모님 결혼기념일 선물이라니, 나는 그것을 고민해 본 적도 없었다. 하필 결혼기념일이 준기 생일과 같다는 이유도 있었다. 최근에는 엄마 아빠가 서로 생일도 챙기지 않는데, 결혼기념일까지 굳이 축하해야 할까. 부모님의 결혼기념일을 축하한다는 건 서연이네처럼 화목한 가정에서나 가능한 일일 것이다.

짧은 커트 머리의 외모처럼 시원시원한 성격을 가진 초아는 차갑고 딱딱하게 보일 때가 많았다. 그런데 이런 질문을 하는 걸 보니 초아네 부모님도 사이가 꽤나 좋은가 보다.

"그냥 케이크 준비하고 여유 되면 꽃다발 정도?"

서연이의 대답이 이어졌다. 케이크와 꽃다발이라, 축하하는 상황에서의 모범 답안인가 보다. 나에게는 너무나 거리가 먼 이야기였지만.

"엄마가 불쌍해서 이런 날을 핑계로 뭐라도 하고 싶어서."

"엄마가 불쌍해서?"

나는 초아의 말에서 의아한 구절을 반복하며 되물었다.

"우리 엄마 필리핀 사람인 거 알지? 아빠랑 스무 살 차이 나. 이 사실만으로도 난 우리 엄마가 너무 불쌍해. 그런 생각 들지 않아? 엄마도 또래의 남자랑 연애하고 결혼하고 싶었을 텐데, 비행기 타고 와서 나이 많은 아빠랑 결혼하면서 마음이 어땠을지……. 근데도 엄마는 행복하대. 그렇게 말하니까 더 불쌍해."

나도 모르게 고개가 끄덕여졌다. 서연이는 초아의 말에 동의하지 않는다는 듯 고개를 가로젓더니 애써 웃으며 말했다.

"에이, 그래도 너네 아빠가 잘해 주시잖아. 초아 너도 생겼고."

"우리 아빠 별로 잘해 주지 않아. 맨날 엄마 무시하고. 때리지만 않을 뿐. 그런데 엄마 지금 또 임신했어. 정말 노답이야."

소오름, 초아의 셋째 동생이 생겼단 말이었다. 서연이와 나는 입이 위아래로 크게 쩍 벌어졌다. 서연이가 음흉하게 웃으면서 초아를 토닥였다.

"아주 사이좋으신가 보네."

덩달아 나도 웃음이 나왔다. 모른다고 말하는 초아의 한쪽 입꼬리가 위로 삐죽 올라갔다.

점심시간이 지나고 자리에 앉아서부터 나는 손가락을 하나씩 접어 가며 몰래 계산해 봤다. 그럴 리 없다고 고개를 가로젓고는 다시 또 손가락을 하나씩 접어 가며 세어 봤지만 어떻게 해도 계산이 맞지 않았다. 학교를 나서면서 서연이에게 물었다.

"그럼 초아 동생 언제 나오는 거야?"

서연이는 손가락을 접어 가며 대충 세어 보더니 대답했다.

"지금 초기라고 했으니까 아마도 내년 1월?"

서연이도 나와 비슷한 방식으로 세어 보는 것 같았다. 서연이의 계산이라면 믿을 수 있었다.

"내가 5월생이잖아. 그런데 엄마 아빠 결혼기념일이 이전 해 11월이거든?"

"어엇?"

서연이는 내 눈을 바라보더니 씽긋 웃었다.

"아무리 세어 봐도 계산이 안 맞는 거야. 내가 빨리 나왔다거나 그런 얘기 들어 본 적 없거든."

"대박! 그런 집 많을걸? 부럽다. 너네 부모님도 정말 열렬하게 사랑하셨나 보다."

서연이를 따라 나도 풋 소리를 내며 웃어 보였다. 결혼식을 올리기 전에 아기가 생기는 경우가 있다는 얘기를 많이 들어 봤지만 우리 엄마 아빠의 일일 거라고는 상상도 하지 못했다.

아기가 생기는 과정 같은 건 초등학교 때부터 들어 대강 알고 있었다. 결혼식을 올리기도 전에 내가 생겼고, 바로 일 년 뒤에 송준기가 태어난 걸 보면 엄마 아빠는 서연이 말대로 정말 열렬하게 사랑했던 것일 수 있다. 살랑살랑 부는 봄바람을 따라 가볍게 시선이 움직였다.

엄마가 퇴근하자마자 준기가 방에서 나왔다. 나는 거실 소파에 앉아 휴대폰을 보고 있었다.

"엄마, 오늘 외식하면 안 돼?"

"갑자기 무슨 외식이야. 금방 밥할 거니까 기다려."

엄마는 준기의 말을 단호하게 거절했다. 준기는 어깨를 실룩거리면서 한쪽씩 흔드는 특유의 동작을 하며 변성기 목소리로 또 말했다.

"오늘 누나 생일이니까 외식하자아앙. 응? 엄마."

나는 휴대폰을 내려놓고 조용히 엄마를 바라봤다. 그리고 눈치채고 말았다. 누나 생일이라는 말에 엄마는 순간적으로 적잖이 당황한 표정이었다. 나는 말없이 엄마 얼굴을 뚫어져라 바라봤다. 엄마는 내 시선을 의식하고는 아무렇지 않은 척 말했다.

"좀 이따 아빠가 케이크 사 올 거야. 미역국 끓여서 먹고 케이크로 생일 파티 하면 되지."

준기는 쉽게 포기하지 않았다.

"미역국 말고 치킨 시켜 먹으면 안 돼? 오늘은 누나 생일이잖아아앙. 응?"

"어이구, 누나 엄청 좋아하는 것처럼 말하네. 있어 봐. 아빠한테 전화해 볼게."

엄마는 애써 웃는 얼굴로 나를 바라보다가 방으로 들어갔다. 나는 엄마에게 어떤 감정을 느껴야 할지 혼란스러웠다. 내 생일을 잊어버린 엄마. 그래, 일이 바쁘고 힘들면 생일 정도는 잊어버릴 수 있다. 하지만. 그 말은 내 생일이, 내가, 그만큼 엄마에게 소중하지 않다는 말이 아닐까. 갑자기 코끝이 시큰거렸다.

안방에서 아빠와 통화하는 엄마 목소리가 자그맣게 새어 나왔다.

─ 아니, 그럼 어떡해? 오늘 지민이 생일이야. 당신도 잊어버렸지?

─ 어쨌든 올 때 케이크 작은 거라도 사 와.

띄엄띄엄 들린 엄마 목소리는 내 머릿속에서 이렇게 정리되었다. 아빠도 내 생일을 잊고 있었던 거다.

나는 힘없이 방으로 들어와 침대 위에 푹 쓰러졌다. 제대로 말리지도 않고 씌워 놓은 매트 커버와 이불이 아직도 축축했다. 멍하니 천장에 시선을 고정하고 누워 있었다.

준기가 방문을 벌컥 열더니 말했다.

"누나! 치킨 시키래. 나 뿌링클 먹어도 돼?"

자기는 노크하라고 난리를 치면서 내 방문은 벌컥벌컥 여는 저 인성. 내 생일인 걸 뻔히 알면서도 자기가 좋아하는 치킨을 시키려는 저 인성. 나는 애꿎은 천장만 바라보며 욕을 삼킬 뿐이었다.

그때 문손잡이가 돌아가며 준기가 다시 허옇고 큰 얼굴을 들이밀었다.

"아니다. 오늘은 누나 생일이니까 누나 좋아하는 양념치킨으로 시킬게."

아빠는 퇴근이 늦어지는 모양이었다. 치킨 한 마리를 식탁에 올려놓고 우리 셋은 마주 앉았다. 엄마가 내 등을 토닥이며 말했다.

"우리 딸 지민, 생일 축하해. 많이 먹어."

나도 모르게 인상이 찡그려졌다. 엄마에게 무슨 말이라도 하고 싶었지만 쉽게 입이 떨어지지 않았다. 치킨 상자 뚜껑을 열더니 준기가 말했다.

"누나, 생일 축하해. 오늘은 누나가 먼저 먹어."

오늘만큼은 이 집에서 내 생일을 진심으로 축하해 주는 사람이 준기밖에 없었다. 나는 맨 위에 놓인 닭 다리를 포크로 푹 찍었다. 평소엔 준기와 둘이 먹으면 한 마리가 부족했다. 한 조각이 남았을 때는 서로 먹겠다고 으르렁거리기 일쑤였다. 하지만 오늘은 왠지 흥이 나지 않았다. 엄마도 겨우 두 조각을 먹고는 포크를 내려놨다.

그 사이를 틈타 신이 난 준기는 양손에 양념을 다 묻히고 번갈아 가며 쪽쪽 빨아 먹고 있었다. 침이 잔뜩 묻은 손가락으로 치킨 조각을 만지작거리는 모습을 보니 그나마 있던 식욕도 뚝 떨어졌다.

"요즘도 수행평가 많아?"

모처럼 내게 대화를 시도하는 엄마 앞에서 현기증이 났다. 나는 고개를 끄덕이고는 다시 방으로 들어왔다. 윗집의 층간 소음이 시작됐다. 쿵, 쿵 하는 소리에 침대가 다 울리는 것 같았다.

그 상태로 깜빡 잠이 들었던 걸까. 엄마가 방문을 열고 들어왔다. 축축한 이불을 만져 보고는 깜짝 놀란 눈치였다. 뒤따라 들어온 아빠가 가늘게 뜨고 있는 내 눈앞에 케이크 상자를 흔들어 보였다.

"아빠가 지민이 케이크 사 왔다!"

휴대폰 시계를 확인하니 벌써 11시 40분이었다. 내 생일은 20분밖에 남지 않았다. 이런 생일 파티는 절대로 하고 싶지 않았다. 엄마가 안방에서 다른 이불을 가지고 들어오며 말했다.

"지민, 얼른 일어나. 생일 파티 하고 자."

나는 엄마가 걷은 축축한 이불을 있는 힘껏 잡아당겼다. 그러고는 머리끝까지 뒤집어썼다.

"얘가 왜 이래. 얼른 일어나!"

"지민아, 생일 몇 분 안 남았는데?"

아빠가 방문 앞에서 나를 타일렀다.

"그러게 일찍 좀 오라니까."

엄마의 이 한마디를 듣는 순간 나는 또 뭔가 시작될 낌새를 알아차리고 등골이 오싹해졌다.

"내가 뭐 놀다 왔어? 일찍 왔으면 애 생일 좀 챙기지, 지금까지 케이크도 안 하고 뭐 하는 거야?"

"그럼 겨우 네 명 있는 집에서 셋이 생일 축하하라고? 나만 애들 보호자야?"

아아아악, 나도 모르게 비명이 새어 나오며 눈물이 흐르기 시작했다.

"제발 하지 마. 하지 마. 그만하라고!"

내 말에 엄마, 아빠가 말을 멈추고 조용해졌다. 나를 바라보고 있을 두 얼굴이 눈앞에 그려졌다. 나는 이불 속에서 계속 울부짖었다. 이렇게는 못 살겠다. 도저히 이렇게는 못 살겠다.

3

수상한 행복 프로젝트

"내일까지 미션! 중간고사 본 것 중에 제일 점수가 낮은 과목을 찾아 원인 분석하고 대책 마련할 것! 모든 과목이 부족하다면? 총체적 분석이 필요하겠지? 내일 조회 시간에 모두 다 제출한다."

담임이 나가자마자 교실 여기저기서 불만이 터져 나왔다. 이런 과제 역시 공부할 마음이 더 달아나게 할 뿐이라는 걸 담임은 정말 모르는 걸까.

서연이가 머리 아프다는 시늉을 하며 내 자리로 다가왔다.

"우리나라 교육은 정말 문제가 있다니까. 잘하는 걸 더 잘할 수 있게 하는 게 진짜 교육 아니야? 근데 우리나라 교육에서는 부족한 부분을 어떻게든 메우려고만 하니까 다 하향 평준화되는 거지."

서연이의 입에서 나오는 말들이 꽤 그럴듯하게 들렸다. 흐뭇한 눈빛으로 바라보자 서연이는 엎드려 있는 초아 쪽을 보고는 말을 이어 갔다.

"김초아를 제대로 교육하려면 김초아가 안 일어나는 이유를 찾고, 뭘 잘하고 좋아하는지 그걸 학교 교육과 연결을 지어야지, 매 시간 툭툭 치기만 한다고 쟤가 일어나냐?"

초아가 천천히 몸을 일으키기 시작했다. 나와 서연이는 눈을 마주치고 쿡쿡 웃어 버렸다.

"왜 여기서 내 이름이 나오냐고!"

"안 자면서 왜 매일 엎드려 있냐고!"

서연이는 초아에게 다가가 간지럼을 태웠다. 초아는 자리에서 벌떡 일어나 서연이를 피해 도망 다녔다. 유치한 애정극을 찍고 있는 둘을 바라보는 내 머릿속에 어떤 생각이 떠올랐다.

내가 제일 못하는 과목은 수학이었다. 언제부터였는지 수식을 보면 몸에 알레르기가 생기는 것 같은 느낌이다. 수학은 40점이었지만 다른 과목은 모두 80점 이상이었다. 게다가 기술가정은

100점이었다. 서연이와 초아는 총체적 분석을 하느라 고생을 좀 하겠지만 나는 그렇게까지 할 필요는 없었다.

수학을 좋아하지 않아서 공부를 하지 않았다는 게 원인이었다. 대책은 매일 꾸준히 예습·복습하기, 수학 시간에 집중하기. 정리하다 보니 서연이 말대로 담임이 내 준 과제가 의미 없게 느껴졌다. 대충 끄적이고는 옆으로 쭉 밀어 버렸다.

책꽂이에서 커다란 노트를 하나 꺼내고 다시 펜을 들었다. 이번 기회에 엄마 아빠가 이토록 싸우는 원인을 찾아 분석하고 대책을 마련해 볼 셈이었다.

엄마가 일을 다니기 전에, 그러니까 우리 집의 형편이 그럭저럭 괜찮았을 때는 엄마와 아빠가 이렇게 많이 싸우지 않았었다. 어려서 기억이 없는 걸까. 손가락으로 관자놀이를 짚고 곰곰이 생각해 봤다.

어릴 때는 엄마와 아빠가 싸우는 것보다 내가 준기랑 싸우는 일이 훨씬 더 많았다. 준기가 나를 '너'라고 부를 때는 참을 수 없이 화가 치밀어 오른다. 어려서부터 그랬다. 그걸 뻔히 알면서도 준기는 수시로 내 화를 돋우고는 했다. 작년까지만 해도 준기와의 몸싸움에 어느 정도 자신이 있었다. 그런데 이렇게 순식간에 커 버리다니.

나와 준기의 싸움이 엄마 아빠의 싸움으로 번진 적이 몇 번 있었다. 간단히 정리하자면, 아빠는 내 편이었고 엄마는 준기 편이었다. 아빠는 유독 준기에게만 엄격한 편이었다. '사내자식이 말이야.'라며 나한테 하는 것보다 엄한 잣대를 들이밀 때가 많았다.

반면 엄마는 준기가 아기 때 조금 아팠다는 이유로 아직도 준기라면 벌벌 떤다. 덩치가 그렇게 큰데도 '우리 애기'라고 부르며 준기의 엉덩이를 팡팡 두드리기도 한다. 이런 입장이니 아빠가 준기를 엄하게 혼낼 때마다 마음이 안 좋았을 것이다.

엄마는 내가 누나니까 준기를 잘 보듬어 줘야 한다고 말했고, 아빠는 준기가 남자니까 누나한테 양보하고 잘해야 한다고 말했다.

노트에 송준기 이름을 쓰고 빨간 펜으로 밑줄을 여러 번 그었다. 그러니까 첫 번째 원인은 바로, 송준기! 송준기가 문제였다. 송준기가 없었다면 내가 동생과 싸울 일도 없었을 것이고, 그러면 엄마 아빠의 주된 갈등 원인 하나가 사라지는 셈이었다.

송준기 이름 옆에 '싸우지 않는 방법'이라고 적었다. 사실 방법은 간단했다. 준기가 나를 누나라고 부르고 내 말을 잘 들으면 된다. 아주 간단! 하지만 철없는 준기에게 이 방법이 먹힐 리 없다. 상대가 변하지 않는다면 내가 바뀌어야 한다.

머리를 긁적이다가 좋은 방법이 떠올랐다. 준기를 부를 때 다정하게 '동생아'라고 부르기. 제아무리 송준기라도 이런 누나한테 감히 '너'라고 받아치지는 않을 것이다. 나는 작게 '동생아'를 소리 내어 발음해 봤다. 닭살이 돋으며 웃음이 배시시 새어 나왔다. 생각보다 입에 착 붙는 표현이었다.

준기와 내가 싸우지 않고 잘 지낸다면 우리 때문에 엄마 아빠가 싸울 일은 줄어들 것이다. 스스로가 기특하다는 생각에 흐뭇한 미소와 함께 고개가 끄덕여졌다.

엄마가 일을 시작하면서 더 까칠해진 것은 명백한 사실이었다. 이전 같으면 그냥 넘길 일도 짚고 넘어가면서 싸우는 일이 더 많아진 것 같다. 엄마가 일을 시작한 이유는 돈을 벌기 위해서, 돈을 벌어야 하는 이유는 아빠의 여행사가 안 돼서, 아빠의 여행사가 안 되는 이유는 세계적 전염병…….

그 누구도 어떻게 해결하지 못하는 문제에 감히 내가 어떤 대책을 세울 수 있을까. 돈, 전염병이라는 단어를 두어 번 반복해서 노트에 적어 볼 뿐 그에 대한 대책은 떠오르지 않았다.

여백에 우리 가족 이름을 순서대로 적어 봤다. 송석민, 박지영, 송지민, 송준기……. 앗! 이걸 왜 여태 몰랐을까. 엄마 이름에서의 '지' 자와 아빠 이름에서의 '민' 자가 종이 위에서 반짝거렸다. 엄마는 내 이름이 그저 지혜롭고 민첩하게 살라는 의미라고만 얘기했었는데, 지금 보니까 그게 아니었다. 내 이름은 엄마와 아빠의 이름에서 한 글자씩 따서 지은 것이었다!

그렇다면 송준기는? 내 이름을 지었던 방식대로 한다면 송준기의 이름은 송영석이 되어야 했다. 송영석이라고 적어 놓고 보니 송준기의 외모에 찰떡같이 어울렸다. 왠지 모르게 송준기의 이름이 생긴 거랑 안 어울린다는 생각이 들었었는데, 다 이유가 있었던 것이다.

이름을 송영석이라고 짓지 않았다는 건 준기가 태어날 무렵에 이미 엄마 아빠의 사이가 안 좋아졌다는 의미일까. 그렇다면 준기가 태어나기 전처럼 엄마 아빠의 사이를 좋게 만들려면 준기가 개명을 하는 게 좋을 것 같다. 나는 송준기 이름을 두 줄로 긋고 그 옆에 송영석이라는 세 글자를 적었다.

마침 현관문이 열리는 소리가 들렸다.

"엄마, 내 이름은 어떻게 지은 거야?"

"갑자기 그게 무슨 소리야. 엄마 옷이나 좀 갈아입자."

오늘도 엄마의 얼굴에는 피곤한 기색이 가득했다. 좀 전에 노트에 적었던 '돈'이라는 한 글자가 엄마 얼굴에 긴 그림자를 드리우고 있었다. 그때 준기가 방에서 터덜터덜 걸어 나왔다. 요 며칠 사이에 더 크고 뚱뚱해진 것 같다.

"엄마, 오늘 저녁에 라면 끓여 먹으면 안 돼?"

"얼마나 됐다고 또 라면 타령이야?"

안방 안에서 엄마의 목소리가 들렸다. 준기를 보자 나도 모르게 한쪽 입꼬리가 실룩거렸다. 하지만 좀 전에 다짐한 것처럼 웃는 얼굴로 입을 열었다.

"그래, 동생아. 라면은 건강에도 안 좋고 더 살이 찔 수 있으니 우리 밥을 먹자꾸나."

사실은 돼지 새끼야, 라면 좀 작작 처먹으라는 말이었다. 준기가 나를 보더니 미간을 찌푸렸다.

"극혐. 말투 뭐야. 더 재수 없어. 내가 라면 먹겠다는데 너가 왜 지랄이야."

"뭐? 재수 없다고? 너 지금 누나한테 또 너라고 했냐?"

이대로 내 작전이 실패하는 걸까. 속마음을 꾹꾹 누르고 착하고 다정하게 말했건만 어떻게 이런 말이 돌아오는 걸까.

"어이구! 왜 또 그래? 누나한테 말 좀 조심해! 누나가 뭐 틀린 말 했어?"

엄마의 반응을 보니 완전 실패는 아니었다. 준기도 이제 점점 이런 말투에 익숙해져야 할 것이다.

"지민, 아까 뭐, 뭐라고 했지?"

"아, 아, 이름!"

"지혜롭고 민첩한 지민! 왜 갑자기……."

"엄마 아빠 이름 한 글자씩 따서 지은 거잖아. 그것도 몰랐냐?"

엄마 말을 자르고 송준기의 목소리가 훅 들어왔다. 내가 좀 전에 알게 된 내용을 자기는 예전부터 이미 다 알고 있었다는 듯이.

"진짜야? 그렇게 지은 거야?"

마지못해 고개를 끄덕이는 엄마의 입가에 조금씩 미소가 번졌다.

"석민, 지영의 베이비다, 그거지? 그래서 지민이지? 와핫, 엄마 아빠 진짜 많이 사랑했구나?"

"어이구, 징그럽게 뭔 소리야!"

엄마는 부끄러워하면서 내 등을 살짝 툭 쳤다. 하나도 아프지 않았다. 가슴속에서 뜨거운 무언가가 샘솟는 기분이었다. 이 기세를 몰아 터덜터덜 자기 방으로 들어가는 준기의 뒷모습을 보고 말했다.

"근데 송준기는 왜 송준기야?"

"높을 준, 기운 기. 높은 기운을 가지고 살라고."

"아니, 내 이름은 엄마 아빠 이름 한 글자씩 따서 지었는데 왜 송준기 이름은 그렇게 안 지었냐고."

"준기 이름이 좋잖아."

아무렇지 않게 대답하는 엄마가 능청맞게 느껴졌다.

"내가 송지민이면 송준기는 송영석이어야 되잖아. 그리고 쟤는 송준기보다 송영석이 더 잘 어울려. 개명해도……."

"왜 남의 이름 갖고 지랄이야. 짜증 나게."

준기가 거대한 발소리를 내며 방에서 다시 나왔다. 엄마는 나와 준기 쪽으로 한 손씩 뻗어 흔들면서 둘 다 들어가라는 말을 전했다.

다시 책상에 앉아 아까 정리하던 노트를 들여다봤다. 석민, 지영의 베이비라서 지민. 내 존재가 두 사람 사랑의 증거물이라도 되는 양 기분이 들떴다. '동생아'라는 호칭도 생각보다 입에 잘 붙었다. 준기도 점점 익숙해지겠지.

사인펜으로 노트의 맨 위에 '다행 프로젝트'라고 적었다. '다행'은 '다시 행복'의 줄임말이다. 내 이름이 석민, 지영의 줄임말인 것처럼. 조금만 노력한다면 우리 가족은 충분히 다시 행복해질 수 있을 것 같다. 부끄러워하는 엄마의 미소에서 나는 희망을 봤다.

아빠가 출장에서 사 온 과자 상자를 열어 하나를 꺼냈다. 다시 인심 쓰듯 하나를 더 꺼내 두 개를 들고 준기 방으로 향했다. 이제 프로젝트의 본격적인 시작이다.

"동생아, 이것 좀 먹어 보렴."

교과서에나 나올 법한 말투가 어색하게 느껴졌지만 엄마가 들을 수 있게 일부러 더 큰 목소리로 말했다. 게임을 하던 준기가 내 얼굴을 노려보더니 손에 들린 과자를 잽싸게 채 갔다.

"동생아, 맛있게 먹으렴."

"그 말투 재수 없다니까?"

다리에 힘을 주고 달릴 준비를 했다. 왼손으로 가볍게 주먹을 쥐었다. 준기가 등을 돌리고 게임에 집중하고 있을 때 뒤통수를 세게 쥐어박고는 재빨리 방에서 나왔다. 준기는 아악, 소리를 내며 뒤따라 나왔다. 나는 자꾸만 새어 나오는 웃음을 참으며 엄마 뒤로 숨었다. 그리고 목소리를 깔고 말했다.

"동생아, 무슨 일이니?"

*

"다행 프로젝트? 그럴싸한데?"

철저한 계획형 인간인 내 인생의 첫 번째 프로젝트가 시작됐다. 서연이는 내 말을 들으면서 끊임없이 감탄했다. 프로젝트 이름처럼 우리 가족이 금방 다시 행복해질 것만 같았다.

문제는 송준기였다. 준기에게 착하고 다정한 말투를 사용하는 건 어렵지 않았지만 준기가 그것을 몹시 못마땅해 했다. 이렇게 되면 우리는 또 싸울 수밖에 없을 것이다. 준기에게는 옛 속담도 다 소용이 없나 보다. 가는 말은 고운데 오는 말이 이렇게 곱지 않을 수도 있을까.

"내가 도울 수 있는 거 있으면 말해. 적극적으로 도울게."

"그러면 혹시, 준기 좀 만나 볼래?"

"니 동생?"

프로젝트의 성공을 위해서는 누구보다 준기의 변화가 필요했다. 하지만 나 혼자의 힘으로는 무리였다. 누나 알기를 개똥보다도 못하게 아는 송준기. 어휴 진짜. 서연이의 가무잡잡한 얼굴과 빛나는 눈동자를 바라봤다. 나보다는 확실히 강해 보이는 인상이었다.

"어떻게 하면 돼?"

"솔직히 말해야지. 내 말은 들으려고 하지를 않아. 모르는 사람 말이라면 잠자코 좀 듣지 않을까?"

서연이는 의미심장한 표정으로 고개를 끄덕였다.

동네 놀이터로 나오라는 내 말에 준기는 고래고래 소리를 질렀다. 집에 와서 보면 되지 왜 바쁜 자기를 부르는 거냐고, 안 나가겠다는 말에 나는 몇 번이나 사정해야 했다. 서연이 앞에서 내 모습이 점점 작아지는 것 같았다.

저 멀리서 슬리퍼를 직직 끌고 나오는 준기 모습이 보였다. 서연이는 준기의 거대함에 새삼 놀라는 눈치였다. 나와 눈이 마주치자 준기는 인상을 찡그리면서 무섭게 노려봤다. 서연이는 차분하게 준기 앞으로 다가가 내가 부탁한 말들을 전하기 시작했다.

"너네 누나가 부모님 사이를 다시 좋게 만들려고 다행 프로젝트를 하려고 해. 요즘 부모님이 많이 싸우고 사이가 안 좋으시잖아? 그런데 그 프로젝트가 성공하려면 준기 너의 적극적인 협조가 필요하대. 일단 너랑 누나가 집에서 절대 싸우면 안 돼."

준기는 앞에 있는 서연이 얼굴은 쳐다보지도 못하고 건너에 있는 내 얼굴만 뚫어져라 바라봤다. 그러고는 내가 들을 수 있도록 큰 목소리로 말했다.

"나한테 잘해. 그러면 안 싸우잖아. 원래 부부 싸움은 칼로 물 베기랬어."

순간적으로 내가 잘못 들었나 싶어 검지를 귀에 넣어 훑었다. 하지만 준기가 틀린 게 맞을 거다. 서연이 앞에서 내 치부가 드러난 것처럼 얼굴이 달아올랐다. 서연이는 거대한 준기를 보며 어쩔 줄 몰라 하는 표정을 짓고 있었다.

"엄마 아빠가 좀 싸우면 어떠냐?"

역시 준기는 상황의 심각성을 조금도 모르고 있었다. 내가 나설 수밖에 없었다. 주위에 오가는 사람들이 들을까 봐 준기에게로 가까이 다가가서 조용히 입을 열었다.

"바보야. 생각보다 상황이 심각하다고."

"원래 다 싸우면서 사는 거지 뭘 그러냐?"

"야, 엄마가 지금 이혼까지 생각하고 있다고!"

이혼이라는 단어가 나오자 비로소 준기의 조그만 눈이 검은자를 드러냈다.

"너, 엄마 아빠 이혼하면 어떡할래? 너는 그래도 괜찮다는 거야?"

준기는 오른손을 들어 의미 없이 뺨을 만져 댔다. 대답할 말이 선뜻 떠오르지 않는 모양이었다.

"그럼 난 엄마랑 살고, 누나는 아빠랑 살아야 되지 않을까?"

나는 화를 참지 못하고 소리를 빽 지르고 말았다.

"이 새끼야, 그걸 지금 말이라고 해? 너는 그게 진짜 아무렇지도 않다는 거야?"

고개를 양옆으로 흔들며 소리를 지르는데 눈물이 터져 나왔다. 놀란 서연이가 다가와 내 등을 토닥여 줬다. 준기는 말없이 눈을 껌벅이더니 입술을 실룩거렸다. 준기의 뺨이 작은 경련을 일으켰다. 조그만 눈에서 물방울이 똑 떨어졌다.

준기가 우는 모습은 정말 오랜만이었다. 나는 다가가 준기를 두 팔로 안았다. 분명 안아 주려고 했는데, 나보다 키도 훌쩍 크고 덩치도 커서 엉거주춤 우스운 모양새가 되었다. 내 품에 안긴 준기는 어깨를 들썩이며 울기 시작했다. 준기 등을 토닥이다가 얼굴을 바라보고 물었다.

"너도 엄마 아빠랑 다 같이 살고 싶지?"

준기는 눈물을 삼키며 고개를 끄덕였다. 내 품에 안긴 준기가 한 마리의 순한 양 같았다.

"너, 이 누나 안 보고 살 수 있어?"

입술을 삐죽 내민 준기가 고개를 가로저었다.

"그러니까 다행 프로젝트, 이거 꼭 성공해야 된다고."

준기가 애써 눈물을 참으며 내게 물었다.

"내가 어떻게 해야 되는데?"

"집에서 누나랑 절대 싸우지 말자. 나는 이제 너를 '동생아'라고 부를 테니까 너는 '누나야'라고 불러. 알겠지?"

준기가 착하게 고개를 끄덕였다. 나는 착한 내 동생 손을 꼬옥 잡고 말을 이어 갔다.

"그리고 너 개명해. 송영석으로."

준기가 입을 헤벌리고 나를 빤히 쳐다봤다.

"내가 석민, 지영의 첫 번째 베이비니까 지민이고, 너는 두 번째 베이비니까 영석이야."

"꼭 개명까지 해야 돼? 나는 지금 내 이름 좋은데."

준기 입에서 울음에 찬 변성기 목소리가 더 우습게 튀어나왔다. 어쩔 줄 모르고 서 있던 서연이도 다시 편안한 표정을 되찾은 것 같았다.

"그럼 집에서만 그렇게 부르면 안 돼? 아, 난 이름 바꾸는 거 싫은데."

옆으로 다가온 서연이가 내 눈을 바라보고는 가만히 고개를 끄덕였다. 서연이의 눈빛에 힘입어 나는 세상 어디에도 없을 것 같은 착한 누나처럼 준기를 바라봤다. 잠깐 울었을 뿐인데 준기의 눈이 발갛게 변해 있었다. 나는 준기를 향해 너그럽게 고개를 끄덕여 주었다.

＊

집에 오자마자 준기가 기다리고 있었다는 듯 내 방으로 따라 들어왔다. 금방이라도 엉엉 울 것 같은 표정이었다. 아빠는 거실에서 자고 있었고 엄마는 안방에서 나오지 않았다. 찬물을 끼얹은 듯 조용한 분위기였다.

"엄마 지금 기분 완전 안 좋아. 아까 막 울었어."

"엄마가 울었다고?"

아빠랑 싸우면서 엄마가 화내는 모습은 많이 봤어도 우는 건 본 적이 없었다. 준기 말대로라면 오늘은 정말 크게 싸운 게 틀림없었다.

"누나 그 프로젝트, 제대로 좀 하면 안 돼? 우리가 안 싸워도 엄마 아빠는 계속 싸우잖아."

준기 말을 들으면서 내가 어떤 일을 할 수 있을지 생각했다. 괜히 말로만 거창하게 프로젝트란 이름을 붙였을 뿐 지금과 같은 상태라면 아무런 의미도 효과도 없었다.

그때 준기가 아이디어가 떠올랐다는 듯 표정이 밝아졌다.

"전에 누나 상 받아 왔을 때 엄마 아빠 되게 좋아하지 않았어?"

"글짓기 대회?"

준기는 고개를 끄덕였다. 나는 상을 많이 받을 만큼 뛰어난 학생은 아니다. 준기는 더더욱 아니다. 그러던 중, 6학년 때 통일 글짓기 대회가 있었는데 어쩌다가 내가 쓴 글이 최우수상을 받은 것이다. 하지만 무슨 내용으로 글을 썼는지조차 기억나지 않는 게 사실이었다.

내 이름이 인쇄된 두꺼운 종이 한 장을 들고 왔을 뿐인데 그날 우리 집은 잔칫집 분위기였다. 아빠는 내가 글짓기에 재능이 있는 것 같다는 말을 하루 종일 반복하며 싱글벙글 웃었고, 엄마는 상장을 사진 찍어 친구들, 친척들에게 자랑했다.

"누나 상 또 받아 오면 안 돼?"

"그런 걸로 잠깐 기분 좋은 게 무슨 의미가 있겠어. 그러면 네가 좀 받아 오든가."

"나는 못 받으니까 그렇지. 어? 누나아아."

그 흔한 상장 하나 받아 오지 못하는 우리 남매가 불효자처럼 느껴졌다. 그런데 준기 말대로 상장 하나면 이전처럼 엄마 아빠를 행복하게 만들 수 있을 것 같았다. 아주 잠깐이겠지만.

"누나, 공부 잘하면 방학식 날 상장 주는 거, 그런 거 있대. 과목별 1등이라나?"

"너가 그런 걸 어떻게 알아?"

"나, 아는 누나, 아, 아니 선배한테 들었지."

"야, 내가 과목별 1등을 어떻게 하냐?"

내 말에 준기는 한숨을 푹 쉬며 아랫입술을 쭉 내밀었다.

"기술가정 수행평가 뭐였지?"

"가족 신문 만들기. 다음 주 월요일까지."

"레알? 왜 이렇게 기간을 빠듯하게 주냐?"

내 말에 서연이는 고개를 절레절레 흔들었다. 준기 말을 듣고 중간고사 성적표를 분석해 보니 이번 학기에 상을 받을 수 있는 가능성이 전혀 없는 것은 아니었다. 기술가정은 중간고사에서 100점을 맞았으니 기말고사도 100점을 맞고 수행평가도 만점을 받으면 깔끔하게 전교 1등이 되는 것이었다. 이런 경우 교과우수상을 받을 수 있다고 한다.

"가족 신문은 뭘 어떻게 해야 되는 거야?"

"몰라. 대충 해서 내면 대충 점수 나오겠지."

평소 같았으면 나도 서연이 말처럼 대충이 가능했겠지만 지금은 그래서는 안 된다. 나는 반드시 만점을 받아야만 하는 상황이다.

그때 갑자기 초아가 벌떡 일어나더니 앞머리를 넘기면서 입을 열었다.

"가정 되게 짜증 나지 않냐?"

"소오름! 너 방금 코 골지 않았냐?"

초아는 서연이를 힐끗 쳐다보더니 말을 이어 갔다.

"요즘이 어떤 시댄데 가족 신문이야, 가족 신문. 이런 숙제 받으면 엄마 아빠 없는 애들은 마음이 어떻겠냐고. 이건 엄연히 인권 침해야. 자기도 다 알 텐데 꼭 이런 수행을 내야겠냐?"

나와 서연이는 어리둥절한 표정으로 초아를 바라볼 뿐이었다. 하지만 초아의 말에도 충분히 일리가 있었다.

"가정도 이혼하고 혼자 애 키운대."

눈이 동그래진 서연이가 입술 앞에 손바닥을 가져다 대고 초아에게 물었다.

"대박! 니가 그걸 어떻게 알아?"

"우리 사촌 언니네 학교 샘이 가정 남편이었대. 가정이랑 그 학교에서 만나 결혼한 거였다는데? 맨날 싸우다가 이혼했대. 그 남편 샘이 애들한테 다 얘기했다던데?"

서연이는 흥미롭다는 표정으로 초아의 말에 집중했다. 하지만 나는 이혼이 남들 얘기 같지 않아 조용히 허공을 바라볼 뿐이었다. 대꾸를 할 수도 없고 웃을 수도 없었다.

"암튼 짜증 나. 자기 아들이 이런 수행평가를 한다고 생각해 보라고. 하긴 뭐 이혼이 흉이 아니긴 하지만. 그래도."

"너는 이혼이 흉이 아니라고 생각해?"

나도 모르게 초아에게 질문을 던져 버렸다. 평소 냉철한 면이 있는 초아가 이혼에 대해 어떤 생각을 갖고 있는지 진심으로 궁금했다.

"서로 안 맞으면 이혼하는 게 낫지 않아? 괜히 얼굴 마주칠 때마다 싸우는 것보다는 헤어지는 게 낫지."

"너네 부모님이라도 그럴 것 같아?"

"응. 난 엄마 아빠 이혼한다면 말릴 생각 전혀 없어. 내가 아무리 자식이라도 엄마 아빠한테는 각자의 인생이 있는 거잖아. 나 때문에 참고 산다, 그런 말 듣는 게 더 괴로울 거야."

나는 애써 담담한 표정을 지었다. 서연이가 책상 밑에서 조용히 내 손을 잡았다. 초아의 말도 설득력 있었지만 내 생각을 바꿀 수는 없었다.

"요즘 이혼 가정도 많고 다문화 가정도 많고, 얼마나 가족 형태가 다양한데, 무슨 가족 신문이냐고. 난 이름만 써서 내고 기본 점수 받을래."

"그럼 나도 안 할래!"

서연이는 초아의 말에 동의하며 가볍게 하이파이브를 했다. 번거로운 과제인 건 분명했지만 나로서는 놓칠 수 없었다. 상장을 받으려면 이 방법밖에 없었다.

"기간이나 넉넉하게 주든가. 왜 갑자기 내라고 해."

"어? 그거 한 달 전에 공지했어."

툴툴거리는 내 말에 초아가 대답했다. 엎드려서 모든 얘기를 다 듣고 있는 초아나, 멀뚱멀뚱 앉아서는 듣자마자 흘려 버리는 나와 서연이나 모두가 미스터리한 존재처럼 느껴졌다.

*

집 안은 여전히 냉전 상태였다. 며칠째 엄마와 아빠는 서로 쳐다보지도 않았고 대화를 나누지도 않았다. 엄마는 안방에서 시간을 보내며 나오지 않으려고 했고, 아빠는 거실에서 버티며 안방에 들어가지 않으려 했다. 준기는 시도 때도 없이 내 방을 들락거리며 프로젝트를 위해 자신이 무얼 해야 할지 물어봤다.

A4 용지를 책상 위에 올려놓고 수행평가 준비를 시작했다. 일단 가족사진이 필수였다. 과거 가족사진과 지금 가족사진을 붙이고 다음 칸에는 그림을 그려 채워야겠다. 아래에 간단한 설명을

붙이는 것은 어렵지 않을 것이다.

가족 구성원 소개야 적당히 쓰면 되고, 가훈은 그럴듯하게 지어내면 될 것이다. 그리고 가족 구성원 인터뷰! 그래, 이걸 시도하면서 엄마 아빠가 서로에게 가지고 있는 진심을 넌지시 물어보는 것도 좋을 것 같다. 어쩌면 가정 선생님은 이런 의도를 가지고 수행평가를 과제로 낸 건지도 모르겠다는 생각이 들었다. 하지만 친구들 앞에서 가정 선생님을 변호할 생각은 조금도 없다.

수만 장이 저장된 사진첩을 뒤적였지만 아무리 봐도 가족사진은 없었다. 하긴 요즘은 가족사진을 찍을 만한 분위기도 아니었다.

아빠는 텔레비전을 켜 놓은 채로 거실에서 잠들어 있었다. 오늘도 역시나 민소매 러닝에 사각팬티 차림이었다. 어려서부터 익숙했던지라 눈에 거슬리지는 않았지만 이대로 사진을 찍을 수는 없을 것이다.

아빠를 깨우지 않고 안방으로 향했다. 슬그머니 방문을 열자 침대에 앉아 노트북을 보고 있던 엄마가 내 쪽을 돌아봤다. 눈을 동그랗게 뜬 표정이 무슨 일인지 묻는 것 같았다. 엄마가 입고 있는 티셔츠에 시선이 갔다. 목은 있는 대로 늘어나서 쇄골이 다 드러나 보였고 세제가 튄 소매는 얼룩덜룩 변색되어 있었다. 나는 다시 슬그머니 방문을 닫았다.

준기마저 헤드폰을 쓰지 않고 조용히 컴퓨터 앞에 앉아 있었다. 거대한 덩치에 가려져서 모니터가 보이지는 않았다. 간간이 키보드를 두드릴 뿐이었다. 정적이 이렇게도 아슬아슬하게 느껴진 적이 없었다. 층간 소음이라도 있어야 할 것 같은 분위기였다.

"동생아."

모처럼 차분하고 다정한 투로 준기를 불렀다. 준기는 보고 있던 창을 재빨리 내리고는 의자를 돌려 내 쪽을 바라봤다.

"우리 가족사진 찍어야 되는데……."

"왜?"

"수행평가라서."

"아, 그래도 사진 찍는 건 좀 싫은데."

나는 준기의 귀로 가까이 다가가서 속삭였다.

"이거 잘하면 누나 상 받을 수도 있어."

준기의 눈이 동그래졌다.

"그럼 얼른 찍자."

"그리고 예전 가족사진을 찾아야 되는데 그건 니가 좀 해 주면 안 될까? 저기 책꽂이에 앨범 있잖아."

귀찮다는 듯이 준기의 아랫입술이 삐죽 튀어나왔다.

"누나가 너무 바빠서 그래. 이거 수행평가도 잘해야 되고, 기말고사도 백 점 맞아야 상장 받을 수 있어."

"아, 나 오늘은 약속 있는데?"

준기가 머리를 쓸어 넘기자 향수 냄새가 풍겨 왔다. 나는 준기 쪽으로 몸을 기울여 코를 킁킁거리며 냄새를 다시 맡았다.

"너 향수 뿌렸냐?"

준기가 양쪽 손목을 뒤로 돌리더니 아니라며 고개를 가로저었다. 이 덩치에 어울리지도 않게 시트러스 향이라니, 코웃음이 나왔다.

"너 진짜 향수 뿌렸냐?"

"사진 찾아 놓을게. 가족사진은 언제 찍을 건데?"

"허튼짓하고 다니지 마. 너 방귀 냄새랑 더해지면 향수 냄새 얼마나 구린지 모르지?"

준기가 인상을 찌푸리고는 나를 노려보기 시작했다. 며칠 동안 온순한 양 같았던 준기가 다시 으르렁거리며 목소리를 키웠다.

"시비 털지 마! 아, 사진 언제 찍을 거냐고?"

깜짝 놀란 나는 방문을 힐끔거리며 준기 입을 손으로 틀어막았다.

"동생아, 너 왜 또 그래?"

준기가 내 손을 뿌리쳤다. 준기 손이 제법 크고 단단하게 느껴져 놀라울 뿐이었다. 어느새 잠에서 깬 아빠가 텔레비전 채널을 바꾸는 소리가 들렸다. 나는 준기를 향해 고개를 끄덕이고 따라 나오라는 손짓을 했다.

"아빠, 옷 좀 입어 봐. 나 수행평가 때문에 가족사진 찍어야 돼."

"지금?"

아빠는 아직도 피곤한지 하품을 하면서 눈곱을 뗐다. 그러면서도 내 수행평가라니 순순히 자리에서 일어나 안방으로 향했다. 아빠가 안방 문을 여는 순간, 나는 보고 말았다. 화들짝 놀란 엄마는 못 볼 거라도 봤다는 표정으로 매섭게 아빠를 노려보고 있었다. 아빠는 엄마 쪽을 보지도 않고 서랍장으로 향했다.

"어떤 색 옷이 잘 어울리려나."

능청맞은 아빠의 말에 엄마는 아무런 대답도 질문도 하지 않았다. 결국 내가 방 안으로 들어갔다.

"엄마, 엄마도 티셔츠 다른 거 입어 봐. 나 수행평가 때문에 가족사진 찍어야 돼."

"지금?"

엄마 역시 같은 질문이었다. 그 사이에 아빠는 하늘색 셔츠를 꺼내 입고 화장실에서 고양이 세수까지 마쳤다. 나는 옷장에서 분홍색 블라우스를 꺼내 엄마에게 건네주었다.

넷이 오랜만에 소파에 모여 앉았다. 나는 일부러 엄마를 엉덩이로 더 밀었다. 엄마 몸이 밀리면서 아빠 쪽에 닿았다. 표정은 별로 안 좋았지만 둘 다 아무 말도 하지는 않았다.

"동생아, 너가 카메라를 들어 볼래?"

휴대폰 화면 가득하게 우리의 모습이 담겼다.

"하나, 둘, 셋!"

준기의 구령에 맞춰 입술을 살짝 다물고 눈을 크게 떴다. 눈이 작게 나온 사진을 볼 때만큼 절망적인 순간이 없기 때문이다. 있는 한껏 턱을 당기고 눈을 부릅뜨고 있을 때였다. 옆에 앉은 엄마의 표정이 잔뜩 굳어 있는 게 느껴졌다. 나는 팔꿈치를 엄마 몸에 비비면서 말했다.

"다들 웃어, 웃어, 알겠지? 스마일! 김치!"

가족사진도 무사히 찍었고, 어릴 때 가족사진은 준기가 집에 들어오는 대로 찾아 주기로 했으니, 이제 인터뷰만 남았다. 교과서 예시에 나온 몇 가지 질문을 읽어 보고는 노트를 들고 거실에서 야구를 보고 있는 아빠 옆으로 다가갔다.

"아빠, 나 인터뷰해야 돼. 지금까지 가장 행복했던 순간은?"

"아이쿠, 그걸 못 잡냐. 쯧쯧쯧⋯⋯."

아빠는 응원하는 팀의 실책을 비난하고 잠시 나를 멍하니 바라봤다. 내 질문을 못 알아들었나 싶어 다시 또박또박 말했다.

"지금까지 중에 가장 행복했던 순간은?"

아빠는 내 눈을 똑바로 바라보고 대답했다.

"우리 지민이 태어났을 때."

순간적으로 입술이 바짝 마르는 느낌이었다. 준기가 태어났을 때라고 대답했다면 오히려 더 마음이 편했을 것 같다. 나는 바짝 마른 입술에 침을 바르고는 다음 질문을 떠올렸다. 교과서에도 나오지 않은 내용이었다.

"엄마를 사랑하는 이유는?"

아빠가 껄껄 웃었다.

"사랑하는 데 무슨 이유가 필요해. 이유를 뭐 꼭 써야 한다면 그냥 그렇게 써. 예뻐서 그렇다고."

그러더니 다시 텔레비전 속 야구 경기로 시선을 옮겼다. 언젠가 어느 영화에서 들어 본 것도 같다. 사랑하는 데 이유가 있겠냐는 말, 아빠 말이 정답이었다.

이번에는 엄마 얼굴을 마주 보며 침대에 걸터앉았다. 엄마는 노트북 화면을 닫고 내 말에 집중했다. 무슨 질문을 할지 겁이 난다고 말하는 엄마의 입술에 사진 찍을 때 발랐던 빨간 립스틱이 연하게 남아 있었다. 아빠가 말했던 것처럼 새삼 엄마가 예쁘다는 생각이 들었다.

"엄마, 엄마는 여태까지 삶에서 언제가 가장 행복했어?"

엄마는 바로 대답하지 못하고 생각에 잠겼다. 시선은 내게 향해 있었지만 엄마 눈은 내 얼굴이 아닌 그 너머의 무언가를 하염

없이 바라보는 것 같았다. 엄마는 턱을 여러 번 문지르더니 무겁게 입을 열었다.

"음, 우리 지민이랑 준기가 건강하게 잘 크고 있는 모습을 볼 때?"

왠지 코끝이 시큰거렸다. 애써 태연한 척 대답하며 다음 질문으로 넘어갔다.

"지금 아주 행복하시겠네요. 그렇다면 아빠의 매력은?"

내 질문이 끝나자마자 엄마는 코웃음을 치더니 말하기를 망설였다. 나는 눈짓으로 대답을 재촉했다.

"네 아빠는 키가 커서 인기가 많았어."

"그렇다면 아빠의 매력 포인트는 훤칠하게 큰 키. 그런데 그게 다야?"

엄마는 입술을 다물고 다시 또 생각에 잠겼다. 그때 내 뱃속에서 꼬르륵 소리가 울려 퍼졌다. 엄마는 장난스럽게 내 배를 손가락으로 콕콕 찌르더니 부엌으로 향했다. 엄마의 뒷모습을 바라보는데 마음속에서 뜨거운 무언가가 올라오는 느낌이 들었다.

"누나, 가족사진 이거 한 장밖에 없어."

저녁 시간이 훌쩍 지나서야 집에 들어온 준기는 오자마자 앨범을 찾아본 모양이었다. 게임이 잘 풀렸는지 오늘은 꽤 기분이 좋아 보였다.

"야, 이건 누나 눈 감았잖아."

열 살 때 부산 여행을 갔을 때 식당에서 찍은 사진에 네 명의 모습이 다 담겨 있었다. 엄마, 아빠, 준기는 괜찮은데 눈을 감고 입 속 한가득 음식물을 담고 있는 내 모습이 우스꽝스러웠다.

"근데 진짜 이것밖에 없어."

내키지 않았지만 일단 사진을 건네받았다. 내 얼굴에는 스티커를 붙이든가 하는 방법이 있으니 심각하게 걱정할 필요는 없다. 그런데 준기가 내 방을 나가지 않고 우두커니 서 있었다. 돌아보니 심각한 표정으로 천천히 입을 열었다.

"누나, 이거 사진 그대로 붙이지 말고, 복사해서 내면 안 돼?"

"아마 다시 돌려줄걸?"

"아니, 그래도 혹시 모르잖아. 가족사진 여태까지 이거 한 장밖에 없는데, 이것도 없어지면 안 되잖아."

준기의 불안감이 고스란히 전해졌다. 나는 조용히 고개를 끄덕였다. 그리고 내 방을 나서는 준기의 거대한 뒷모습을 잠시 멈춰 세웠다.

"동생아, 너무 걱정하지 마. 엄마 아빠의 행복 속에는 우리가 있더라."

준기는 눈을 동그랗게 뜨고 나를 바라보더니 살짝 미소를 지었다.

4

나, 남자친구 생겼어

마지막 한 문제, 제발, 제발, 3번, 3번이기를.

"26번에 5."

악! 반장이 마지막 문제에 대한 답을 부름과 동시에 나는 양쪽 머리카락을 부여잡았다. 기말고사 보는 열 과목 중에 오로지 기술가정 한 과목만 공부했다. 시험 범위에서 단 한 글자도 빠뜨리지 않으려고 스무 번은 반복해서 읽은 것 같다. 외웠던 내용이 사라질까 봐 다른 과목에 대한 내용은 머릿속에 넣으려고 하지도 않았다.

다른 문제는 다 쉽게 풀었다. 하필 마지막 문제에서 틀리다니. 이건 운명의 장난임에 틀림없다. 잠시 고개를 숙이고 있었더니 피가 몰리면서 눈시울이 뜨거워졌다. 미안해. 엄마 아빠, 그리고 준기. 겨우 이 정도의 허들 하나 넘지 못하는 나라서 너무 미안해…….

"왜 그래?"

내 모습에 놀란 서연이와 초아가 다가왔다.

"헐, 너 설마 하나 틀렸다고 그러는 거냐?"

초아의 차가운 말투에 비로소 정신이 번쩍 들었다. 그래, 그냥 평소처럼 생각하자. 97점이면 아주 잘 본 시험이었다. 기술가정에만 집중하느라 다른 과목은 평소보다 훨씬 못 봤지만. 엄마 아빠 둘 다 성적에 대해서는 관대한 편이라 혼나지도 않을 것이다. 상장을 받아 오는 건 어차피 기대도 하지 않았을 것이다.

"햇살이 문제야."

얼마 전부터 학생회장단이 등교 지도를 하기 시작했다. 아침부터 해가 뜨거웠던 어느 날, 서연이의 시야에 후광으로 둘러싸인 한 사람이 들어와 버렸다. 서연이는 학생회장 오빠를 본 순간, 너무 눈이 부셔서 고개를 숙일 수밖에 없었다고 한다.

"햇살이 없어도 그 오빠 원래 잘생기기는 했잖아."

올해 학생회장 선거에는 후보가 세 명이나 나왔다. 셋 다 공약도 비슷했다. 하지만 그중에 여학생들의 시선을 사로잡은 건 오직 단 한 명, 건하 선배였다. 건하 선배는 눈매가 길고 또렷했다. 코는 오똑했고 입술은 이상하리만치 붉었다. 그 빨간 입술을 바라보고 있노라면 나도 모르게 침이 꼴깍 삼켜지곤 했다. 들려오는 소문에 의하면 공부도 잘하고 운동 실력도 좋은데 성격까지 착해, 3학년에서는 대표적인 엄친아로 통한다고 한다.

"아아, 나 진짜 이상해."

서연이가 창가에 턱을 괴며 엎드렸다. 그러면서도 운동장에서 눈을 떼지 않았다. 3학년 선배들이 한가운데서 축구를 하고 있었다. 한쪽에서는 농구 경기가 한창이었고, 하릴없이 운동장을 돌고 있는 학생들도 많았다.

"이렇게 사람이 많은데, 그냥 이렇게 딱 보면 건하 오빠만 보여."

서연이 말에 따라 나도 창밖을 바라봤다. 서연이는 건하 선배만 보이는 자신이 이상하다고 했지만, 건하 선배를 찾는 건 그리 어렵지 않았다. 계속 공을 갖고 있는 사람이 바로 그 선배여서 그런지 나도 쉽게 찾을 수 있었다. 하지만 서연이에게는 말하지 않았다.

"이렇게 건하 오빠 보고 있으면 열도 좀 나는 것 같애. 내 이마 만져 봐. 뜨겁지?"

손바닥을 들어 서연이 이마를 짚어 봤다. 열이 나는지 어떤지는 알 수 없었지만 서연이 얼굴이 평소보다 붉은 건 명백한 사실이었다.

"그럼 그냥 고백해 보는 게 어때?"

옆에 엎드려 있던 초아가 벌떡 일어나며 서연이에게 말했다. 이번에도 안 자고 우리가 하는 말을 듣고 있을 거라고 이미 생각하고 있던 참이었다.

"아니, 절대 안 해. 못 해."

똑똑한 서연이도 사랑 앞에서는 속수무책이었다. 서연이는 한숨을 푹 내쉬며 창밖을 바라볼 뿐이었다.

"부회장 언니랑 사귄다는 소문 있던데."

서연이는 잠시 초아를 바라보고는 다시 창밖으로 몸을 돌렸다. 그러고는 작게 입을 열었다.

"그 언니도 되게 예쁘잖아. 둘이 잘 어울리네 뭐."

서연이의 말에 초아와 나는 서로 눈을 마주치고 가볍게 고개를 가로저었다. 눈에서 멀어지면 마음에서도 멀어진다는 말을 믿는다. 방학을 하고 한 달 남짓 학교에 오지 않으면 서연이의 마음도 어느 정도 식어 있기를, 친구로서 기원해 줄 수밖에 없었다.

"누나, 누나!"

프로젝트를 시작하고 준기가 용건도 없이 내 방을 찾는 일이 많아졌다. 침대에 앉아 내 방을 훑어보기도 하고 이것저것 의미 없는 것들을 물어보기도 했다.

"누나는 방학에 뭐 할 거야?"

나는 준기를 향해 다행 프로젝트 노트를 펼쳐 보였다. 최근에 떠올린 방법이었다. 학교에 다닐 때는 힘들고 바빠서 할 수 없었지만 방학에 준기와 함께라면 가능한 일이었다.

"매일 저녁 준비하기."

준기는 깜짝 놀라 몸을 뒤로 뺐다. 나는 펜을 들고 노트에 '준기랑'이라는 세 글자를 추가했다.

"생각해 봐. 우리가 저녁을 해 놓으면 엄마가 덜 힘들겠지? 몸이 덜 힘들면 마음도 편해지는 법이거든. 그럼 아빠랑 안 싸우겠지. 요리는 누나가 할 테니까 너는 설거지만 좀 해."

준기가 머리를 긁적이며 마지못해 알겠다고 대답했다. 준기는 나날이 거대해지고 있었다.

끈적끈적하게 비가 내리는 날이었다. 굵은 빗줄기가 끊임없이 내리치는데도 공기의 온도는 좀처럼 내려가지 않았다. 이런 날에는 가만히 있어도 불쾌지수가 치솟을 수 있다. 오늘은 엄마와 아빠가 부딪히지 않도록 집안 분위기를 더 섬세하게 살펴야 할 것 같다.

사물함을 비우고 창가를 닦던 서연이가 걸레질을 멈추고 멍하니 창밖을 바라보고 있었다. 나는 빗자루를 청소 도구함에 넣고 서연이 옆으로 다가갔다. 서연이가 기다리고 있었다는 듯이 입을 열었다.

"햇살이 문제가 아니었어."

서연이의 마음은 날로 커지는 것만 같았다. 걱정스러우면서도 한편으로는 가정이 화목하니 본인의 마음에만 집중하면 되는 서연이의 상황이 부러웠다. 나는 대답 없이 서연이의 시선을 따라 비 내리는 운동장을 바라봤다.

"지금도 운동장에 건하 오빠가 서 있는 것만 같애. 내 눈에는 보이거든."

서연이의 말을 듣고 나니 운동장을 달리고 있는 건하 선배의 모습이 진짜 보이는 것도 같았다. 아직 제대로 된 사랑을 경험해 보지 못한 나는 서연이에게 마땅히 건넬 말을 떠올리지 못했다. 그 순간 서연이의 발을 감싸고 있는 새하얀 운동화가 눈에 띄었다.

"우와! 너 신발 샀어?"

그제야 서연이가 창가를 등지고 몸을 돌리며 발을 들어 보였다. 환하게 웃으며 발을 양옆으로 흔들었다. 새하얀 바탕에 연분홍색으로 브랜드 로고가 새겨진 운동화였다.

"어제 아빠가 사 줬어."

"예쁘다. 와, 부럽다."

솔직한 마음을 토로하며 내 신발을 내려다봤다. 중학교 입학할 때 산 평범한 운동화였다. 처음엔 하얀색이었는데 지금은 회색에 더 가까웠다. 밑창이 다 닳아 얼마 전부터는 빗길에서 종종걸음을 걸어야 했다. 하지만 엄마 아빠 모두 내 신발 따위에는 관심도 없었고, 이런 걸로 신경 쓰게 하고 싶지도 않았다. 자리에 앉았는데도 서연이의 새 운동화가 눈앞에 아른거렸다.

담임은 상장을 한 움큼 들고 들어왔다. 상장을 받아 엄마 아빠를 잠시나마 기분 좋게 해 드리고 싶었는데, 나는 능력이 부족한가 보다. 아이들 이름이 하나씩 불리고, 그 애들은 앞으로 나가 상장을 받았다. 나는 무표정한 얼굴로 박수만 칠 뿐이다. 공부를 잘하는 아이들은 상장을 몇 장이나 계속 받았다. 애꿎은 내 손바닥만 점점 더 뜨거워졌다.

"다음, 송지민."

박수를 치다가 내 이름이 나와 멈칫했다. 놀란 표정으로 담임 얼굴을 빤히 바라보자 담임이 내게 어서 나오라는 손짓을 했다. 나는 엉거주춤 일어나 앞으로 나갔다.

"지민이는 가족 신문 만들기 대회에서 동상."

담임의 말이 끝나고 내 이름이 인쇄된 두꺼운 종이를 건네받았다. 박수 소리가 이어졌다.

"어머, 그때 그 가족사진 붙여서 냈던 거?"

나는 자랑스럽게 고개를 끄덕였다. 엄마 얼굴에도 모처럼 미소가 피어났다. 준기는 옆에서 손바닥이 뻘게질 정도로 박수를 쳤다.

"오늘 지민이 상도 받고 했으니까 고기 해 먹자."

엄마는 내가 받아 온 상장을 냉장고에 자석으로 붙였다. 고기를 먹는다는 말에 준기는 함박웃음을 지었다. 곧 집 안에 불고기의 달콤한 냄새가 퍼져 갔다. 밖에는 여전히 비가 내리고 있었다.

"엄마, 습한데 에어컨 켜면 안 돼?"

비가 와서 습하다는 건 사실 핑계에 불과할 것이다. 더위에 약한 준기는 지난달부터 틈만 나면 에어컨을 틀고 싶어 했다. 오늘은 창문을 좀 열면 시원한 바람이 들어오기도 할 텐데 굵은 빗줄기가 들이칠까 봐 문을 꽁꽁 달아 놓은 상태였다. 준기 이마에는 땀이 송골송골 맺혀 있었다.

불고기를 만들던 엄마가 준기 엉덩이를 톡톡 치며 허락해 주었다. 준기는 신이 난 표정으로 에어컨 온도를 24도에 맞췄다. 준기가 방에 들어간 사이 내가 온도를 높여 놨지만 그걸 알아차린 준기가 다시 온도를 낮추고는 리모컨을 들고 가 버렸다.

추위를 많이 타는 엄마는 안방에서 얇은 카디건을 걸치고 나왔다. 추우면서도 아들을 위해 에어컨을 켜는 엄마의 희생적인 모습이 대단하게 느껴졌다.

나는 소파에 앉아 아빠가 오기만을 기다렸다. 내가 상을 받았다는 걸 알면 아빠 역시 많이 행복해 할 것이다. 그때 현관문이 열리는 소리가 들리며 아빠가 들어왔다. 아빠는 현관에서 가볍게 우산을 털더니 들어오자마자 온몸을 부르르 떨었다.

"아유, 추워. 집이 왜 이렇게 추워?"

"동생이 에어컨 켰어."

아빠는 바로 에어컨을 향해 가더니 전원 버튼을 눌러 버렸다. 그리고 주방에서 카디건을 걸치고 있는 엄마 모습을 봐 버렸다.

"아니, 덥지도 않은데 에어컨을 왜 켜? 그 옷을 벗으면 되지."

엄마가 말없이 아빠를 돌아봤다. 준기와 나를 바라볼 때와는 확연히 다른 눈빛이었다. 준기가 리모컨을 들고 방에서 나왔다.

"내가 더워서 켰어."

엄마는 땀이 다 식었는지 확인하듯이 준기의 이마를 손으로 어루만졌다. 그리고는 준기의 엉덩이를 팡팡 두드렸다.

"너는 인마, 사내자식이 이 정도 더위도 못 참고 벌써 에어컨을 켜면 어떡해. 더우면 창문을 열어, 창문을."

준기는 아빠를 휙 돌아보더니 자기 방으로 들어가 버렸다. 양손을 허리에 짚은 엄마가 손에 들고 있던 집게를 두어 번 아빠 쪽으로 흔들었다.

"애가 하도 덥다고 해서 좀 켰어. 그렇게까지 말할 건 없잖아?"

아빠는 엄마를 보고 혀를 차며 고개를 절레절레 흔들더니 방으로 들어갔다. 엄마는 주방에서 여전히 큰 소리로 투덜거렸다.

"왜 오자마자 또 시비를 거냐고, 시비를. 제발 좀 조용히 들어오면 안 되겠냐고."

그러는 사이 아빠는 방에서 카드 영수증을 들고 나와 엄마에게 향했다. 분위기가 점점 이상해지고 있었다.

"이거 뭐야? 당신, 무슨 화장품이 이렇게 비싸?"

엄마가 재빨리 영수증을 가로채어 주머니에 넣으며 말했다.

"요즘 얼굴이 하도 땅겨서, 너무 건조해서, 좋다는 화장품 좀 사 봤어."

아빠는 엄마 얼굴을 빤히 바라보며 나까지 들을 만큼 크게 한숨을 내뱉었다.

"무슨 화장품이 이렇게 비싸? 당신 도대체 생각이 있어? 이렇게 쓰면서 일 다닐 거면 그냥 그만둬!"

"이 정도면 화장품치고 그렇게 비싼 것도 아니야. 갱년기에 여자들이 얼마나 힘든지 알아? 요즘 내가 거울 볼 때마다 기분이 어떤지 알아? 당신이 나한테 관심은 가져 봤어?"

"지금 우리 집 형편에 이렇게 비싼 화장품이 말이 되냐고."

싸우는 목소리가 점점 더 커졌다. 방에서 나온 준기가 금방이라도 울 것 같은 표정으로 나를 바라봤다. 나는 냉장고에 붙은 상장을 떼어 들고 아빠 옆으로 다가갔다. 서로를 바라보는 엄마 아빠의 눈빛이 무서웠다. 그 눈빛을 바라본 순간 나도 모르게 등골에 서늘한 기운이 느껴졌다.

뒤늦게 상장을 확인한 아빠는 내 쪽으로 고개를 돌리며 입을 살짝 벌려 웃었다. 준기는 조마조마한 표정으로 두 손을 모으고 방 앞에 서 있었다.

"가족 신문 만들기 대회 동상? 그때 우리 가족사진 찍은 그거구나?"

나는 아빠를 향해 자신 있게 고개를 끄덕였다.

"어떻게 만들었는지 좀 보여 줘 봐."

나는 휴대폰 사진첩을 열어 내가 만든 가족 신문 이미지를 아빠에게 건네었다.

"잘했네, 우리 딸, 역시. 디자인도 좋고, 색감도 좋고. 제목이 뭐야? '행복한 우리 집'이 제목이구나?"

가족 신문의 제목을 읽으며 순간적으로 아빠 얼굴에 어둠이 스쳐 지나는 것을 내가 놓칠 리 없었다. 애써 미소 지으며 반복해서 나를 칭찬하는 아빠 얼굴을 바라보며 속으로 말했다.

'다시 행복해질 거야. 지금은 다행 프로젝트 과정일 뿐이니까.'

세상에 내 편은 없다

💬 보고 싶은 지민~ 방학했으니 시간 좀 내줘. ^^

오랜만에 하윤의 메시지였다. 시간 좀 내달라고 했지만 항상 바쁜 건 하윤이었다. 하윤이는 초등학교 때부터 과고를 준비하고 있었다. 욕심 많은 부모님이 부담스럽다고 하면서도 어려서부터 모든 것을 곧잘 하는 하윤이가 대단해 보였다. 실제로 하윤이는 어릴 적부터 수학경시대회나 과학 관련 대회에서 상을 휩쓸곤 했다. 오빠도 이미 과고에 다니고 있었으니 하윤이도 과고에 갈 수 있을 것이다. 하윤이가 과고에 가고 나는 일반고에 가면 아마도 우리의 인생은 서로 많이 달라질지 모른다.

"누나, 지금 나가?"

준기가 커다란 얼굴을 빼꼼히 들이밀고 내 모습을 살폈다.

"왜? 니가 뭔 상관이야?"

준기에게 잘해 줘야 한다고 의식하고는 있지만 여전히 습관적으로 얼음처럼 차가운 말들을 내뱉을 때도 있다. 준기는 아랫입술을 삐죽 내밀고 실룩거리더니 대답했다.

"방학 때 저녁 한다며, 그거 어떻게 할 건지 물어보려고."

"아아, 그거. 다음 주부터 하자. 누나도 이번 주에는 좀 쉬고."

이번 방학에 다행 프로젝트의 성패가 달렸다고 생각했다. 다음 주부터 저녁 요리를 하려면 지금보다 훨씬 바빠질 것이다. 준기는 고개를 끄덕이더니 물끄러미 나를 바라봤다.

"누나, 잘 갔다 와."

다정한 준기 말투에 조금 미안한 마음이 들었다.

파란색 원피스를 차려입은 하윤이 모습이 색다르게 느껴졌다. 아가씨 느낌이 물씬 풍겼다. 하윤이는 내가 자리에 앉자마자 초콜릿이 가득 들어 있는 쇼핑백을 건넸다.

"이번에 아빠가 유럽 출장 다녀왔거든. 나는 스위스 초콜릿이 진짜 맛있더라. 너도 먹어 봐."

오랜만에 수다나 떨 생각으로 빈손으로 나온 내 모습이 미안할 정도였다. 그러면서도 예쁜 포장에 싸인 초콜릿을 보니 절로 미소가 지어졌다.

"잘 지냈어?"

"나는 뭐, 늘 똑같지. 너가 바빠서인지 우리가 학교에서는 거의 못 마주쳤잖아."

"에이, 내가 뭘 바빠? 나 하나도 안 바빠."

"과고 준비하려면 이제부터가 진짜 바쁘지 않아?"

"나 과고 포기했어. 아, 이 표현이 맞나? 어쨌든, 나 과고 못 가."

하윤이의 웃음이 쓸쓸하게 느껴져서 무슨 말을 해야 할지 망설여졌다.

"중간고사를 완전히 망쳤거든. 특히 수학, 과학. 전에는 수학, 과학을 좋아한다고 생각했었는데, 한번 그렇게 망치고 나니까 정이 확 떨어져서 못하겠더라?"

하윤이는 앞에 놓인 콜라를 한 모금 마시더니 탄산이 따가운 듯 얼굴을 찡그려 보였다.

"중간고사 끝나고 엄청 방황하면서 부모님이랑도 많이 틀어졌었어. 맨날 울고 싸우고 하다가 가출까지 했었다니까?"

"너가 가출을 했다고?"

하윤이 같은 모범생이 가출을 했었다는 게 도무지 믿기지 않았다. 나는 입을 헤벌리고 하윤이의 말에 더 집중했다.

"나는 못하겠다는데 엄마 아빠는 계속 할 수 있다는 거야. 공부해야 되는 건 난데, 고등학교 가는 것도 내 인생인데, 왜 도대체 내 마음대로 못하게 하냐고. 엄마 아빠도 과고 포기할 때까지 집에 안 들어가겠다고 세게 나갔지. 자식 이기는 부모 없다더니 정말 그렇더라?"

나는 하윤이의 승리를 축하해야 할지, 비행을 나무라야 할지 알 수 없어 그저 콜라만 한 모금 더 들이켰다. 하윤이는 그런 내 모습을 보고 입을 가리며 웃더니 말을 이었다.

"지금은 간단히 말하지만, 그땐 우리 집 정말 난리 났었어. 그런데 그러고 나니까 내가 좀 더 어른이 된 느낌? 내 인생 이제야 내 맘대로 살 수 있을 것 같은 느낌이 들더라?"

"오우, 대박. 왜 소름이 돋지?"

"아, 이걸로 벌써 놀라면 안 되는데."

하윤이는 뭔가 중요한 말을 하려는 것처럼 내 눈을 바라보며 입을 벌렸다 다물었다를 몇 번이나 반복했다. 나는 하윤이를 향해 눈을 동그랗게 뜨고 가볍게 고개를 끄덕였다.

"지민아, 나……. 남자친구 생겼어."

나는 몸을 하윤이 쪽으로 기울이며 눈을 반짝였다. 모태솔로 동지가 또 한 명 떠났다는 아쉬움이 느껴졌지만 이런 얘기만큼 재미있는 게 없었다.

"이하윤 진짜 대박! 누군데, 누군데? 얼마나 됐어?"

"너도 아는 사람이야. 알면 깜짝 놀랄 거야."

"음, 우리 반이야? 아니야. 우리 반에 사귈 만한 애가 누가 있냐? 다 그냥 유치해서……. 아니면 혹시, 학생회장 건하 선배? 막 그런 사람이야?"

건하 선배를 떠올리니 자연스레 서연이가 따라왔다. 서연이는 방학 동안 건하 선배를 잊을 수 있을까. 하윤이는 잠시 뜸을 들이더니 천천히 입을 열었다.

"동생…… . 네 동생, 준기."

순간적으로 콜라 잔을 든 손이 후들후들 떨렸다. 호흡을 가다듬고 조심스럽게 입을 벌렸다. 입속에 들어온 얼음이 어금니에 닿아 와장창 부서졌다. 테이블에 올려놓은 손이 나도 모르게 진동하고 있었다.

"내가 잘못 들은 거지?"

벌벌 떨리는 내 손을 하윤이가 살며시 잡았다. 차갑지도 뜨겁지도 않은 하윤이의 손길이 낯설게 느껴졌다.

"미안해. 미리 말 못해서. 네가 정말 놀랄 거라고 생각했어."

"너가 송준기랑 사귄다고? 언제부터? 아니, 왜 하필 송준기랑?"

몸집만 클 뿐 변성기 목소리에 어울리지도 않는 유치한 행동만 일삼는 송준기가 하윤이의 남자친구라는 게 도저히 믿기지 않았다. 아니, 송준기 같은 애도 누군가의 남자친구가 될 수 있었던 거야?

"중간고사 끝나고 힘들어할 때 페메로 연락이 됐는데, 준기가 많이 위로해 줬어. 가출했을 때도 준기 도움 많이 받았고. 동생이고 하니까 만나면 이성 감정은 안 느껴질 거라 생각하고 편하게 만났는데, 더 마음에 들었어. 준기, 생각보다 되게 따뜻하고 남자다운 거 알아? 같이 있으면 든든하고 재미있고 그래. 나 이런 감정 처음이다?"

"뭐라는 거야?"

입이 다물어지지 않았다. 어떻게든 하윤이의 마음이 돌아서게 만들어야 한다. 서로에게 더 상처가 되기 전에. 그게 준기를 위해서, 하윤이를 위해서 내가 할 수 있는 일일 것이다. 나는 침을 한 번 꼴깍 삼키고 입을 열었다.

"아오, 송준기 내 동생이라서가 아니라 그냥 노답이야. 찐따도 진짜 그런 찐따가 따로 없다니까. 걔 엄청 지저분해. 아, 방귀도 얼마나 많이 뀌는지 장난 아니야."

하윤이가 입을 가리고 수줍게 웃었다.

"방귀 소리는 또 얼마나 큰지 아냐? 소리가 크면 원래 냄새가 덜 난다고 하는데 걔는 그런 것도 아니야. 너 그 냄새 한번 맡아 보면 당장 정 떨어질걸? 극혐이야, 극혐."

하윤이의 눈빛이 하트 모양으로 변했다. 나를 통해 준기를 보는 것 같았다. 나는 포기하지 않고 한 번 더 입을 열었다. 하지만 하윤이의 예상치 못한 반응에 자신감을 잃고 목소리가 점점 더 작아졌다.

"아무튼, 송준기는, 엄청난 방귀쟁이라니까."

"귀여워. 정말 너무 사랑스러워."

자꾸만 얼굴이 달아올라 손으로 계속 부채질을 했다. 하윤이가 한 말들이 머릿속을 맴돌았다. 도저히 믿어지지 않았다. 준기와 하윤이가 함께 있는 장면이 도무지 그려지지 않았다. 준기와 하윤이가 서로를 마주 보고 미소를 짓는다? 나는 두 눈을 질끈 감고 고개를 절레절레 흔들었다.

지금까지 살아오면서 그 누구보다 나를 괴롭히고 힘들게 했던 사람이 바로 준기였다. 마주치면 서로 으르렁거리며 싸울 때가 대부분이었다. 하지만 준기는 부정할 수 없는 내 동생이었다. 세상에 오직 단 하나뿐인. 요즘 같은 상황에서 준기마저 없었다면 나는 정말 견디기 어려웠을 것이다.

그런데 준기에게 여자친구가 생겼다니. 게다가 그게 하윤이라니. 왠지 동생을 빼앗긴 느낌이 든다. 나와 있을 때와는 다르게 하윤이 앞에서는 멋있는 척, 어른인 척할 준기의 모습을 상상하니 숨이 가빠졌다.

물론 하윤이 역시 초등학생 때부터 베프라고 해도 될 만큼 소중한 친구였다. 하윤이는 공부도 잘하고 성격도 좋았다. 객관적으로 봤을 때 정말 괜찮은 친구이긴 하다. 하지만…… 내 친구 하윤이 옆에 준기가 서 있는 상상을 하니 왠지 친구를 빼앗긴 것 같기도 하다.

집 앞에 도착한 나는 걸음을 멈추고 하늘을 올려다보며 숨을 크게 몰아쉬었다. 아, 이 마음을 어떻게 설명할 수 있을까. 이런 감정을 느끼는 내가 이상한 걸까. 넓고 파란 하늘 아래 나 혼자만 덩그러니 남은 느낌이었다.

5

김치볶음밥은 사랑이다

"누나, 물을 좀 더 넣어야 될 것 같은데."

"이 정도면 괜찮지 않아?"

"아니야, 여기 사진 봐봐. 손등이 살짝 보일 정도여야 된대."

"너는 손이 크잖아."

밥물을 맞추는 것부터 혼란에 빠졌다. 우리가 처음으로 준비한 메뉴는 김치볶음밥이었다. 불을 쓰는 것은 괜찮지만 칼 공포증이 있는 나는 칼을 사용하지 않고 할 수 있는 요리를 골랐다. 김치볶음밥에 필요한 재료는 대충 가위로 해결할 수 있을 것 같았다.

전기밥솥의 취사 버튼을 누르고 다시 유튜브를 열어 김치볶음밥 만들기 영상을 찾았다. 냉장고에 있는 배추김치와 베이컨을 넣어 만들 계획이었다. 빠알간 김치볶음밥의 고소한 냄새가 휴대폰 화면 너머로 새어 나오는 것 같았다.

"동생아, 냉장고에서 김치랑 베이컨 꺼내 놔."

휴대폰을 보고 있던 준기가 귀찮다는 듯이 나를 쳐다보더니 마지못해 자리에서 일어나 냉장고 쪽으로 향했다. 준기는 내가 하윤이를 만나고 온 이후로 내 말을 더 잘 들었다. 엄마 아빠에게는 비밀로 해 달라는 조건이었다.

나는 커다란 주방 가위를 들고 통 안의 배추김치를 마구잡이로 잘랐다. 프라이팬에 베이컨을 굽고 다시 가위를 들어 먹기 좋은 크기로 잘랐다.

"밥 충분히 했지?"

"많이 했어. 쌀 다섯 컵 넣었어!"

프라이팬에 김치를 넣다 말고 놀라 눈을 부릅뜨고 준기를 바라봤다. 설마 다른 의도가 있는 건 아니겠지. 준기가 휴대폰을 주머니에 넣더니 실실 웃는 얼굴로 다가왔다.

"누나, 우리 도시락 통 어디 있지?"

"도시락 통은 왜?"

"하윤이 학원 끝나는 시간 맞춰서 김치볶음밥 갖다 주게."

"뭐어어?"

나는 프라이팬을 휘젓던 나무 주걱을 탁 소리 나도록 세게 싱크대에 내려놨다. 감정이 치밀어 올랐다. 아마도 이것은 분노일 것이다.

"너 지금 내가 한 요리를 이하윤한테 갖다 바친다는 거냐?"

"친구한테 요리 좀 주는 게 어때서 그래. 하윤이가 학원 수업 끝나면 매일 배고프대."

준기는 내가 내려놓은 나무 주걱을 다시 들고 콧노래까지 부르며 김치와 베이컨을 볶았다.

"그리고 너, 누나한테 하윤이가 뭐야. 하윤이가. 이게 진짜 보자 보자 하니까."

"하윤이가 누나라고 부르지 말랬어. 누나라고 부르는 거 싫대."

준기를 향해 입술이 제멋대로 실룩거렸다. 딱히 할 말은 찾지 못했다.

"누나가 한 요리 갖다 주는 게 싫으면 내가 할게. 내가 만들었다고 하는 게 나도 더 좋아."

"이게 진짜!"

내 반응은 아랑곳하지 않고 준기는 계속해서 콧노래를 부르며 밥솥에 완성된 따뜻한 밥을 프라이팬에 부었다. 엄청난 양의 볶음밥이 만들어지고 있었다. 준기는 볶음밥을 도시락 통에 담더니 서둘러 집을 나섰다.

"빨리 올 테니까 엄마한테는 절대 비밀로 해줘. 알겠지?"

준기가 나를 향해 손가락으로 하트를 만들어 보냈다. 나는 그 대답으로 가만히 가운뎃손가락을 들어 보였다.

"어머, 진짜 맛있게 잘 만들었네."

김치볶음밥을 한 숟가락 먹고는 엄마가 감탄을 금치 못했다.

"밥도 어쩜 물 양을 딱 맞춰서 맛있게 잘하고."

뒤늦게 아이디어가 하나 더 떠오른 나는 계란프라이를 엄마의 김치볶음밥 위에 올렸다. 그걸 본 송준기가 입술을 동그랗게 오므렸다. 준기와 눈이 마주친 나는 얄밉게 살짝 혀를 내밀었다. 엄마는 김치볶음밥 한 그릇을 뚝딱 해치웠다.

뒤늦게 들어온 아빠에게도 내가 만든 김치볶음밥을 선사했다. 아빠의 반응을 살피기 위해 나와 준기도 식탁에 따라 앉았다. 아빠가 숟가락을 들려던 찰나, 엄마까지 식탁에 나와 앉았다. 이것만으로도 대성공이었다. 따로 밥을 먹을 때 엄마와 아빠가 같이 식탁에 앉는 일은 거의 없었기 때문이다.

"이걸 지민이가 만들었다고?"

"나, 나, 준기도 같이."

내가 고개를 끄덕이는 사이 준기는 자신이 함께 만들었다는 사실을 아빠에게 강조했다. 흐뭇한 미소를 지으며 고개를 들던 아빠의 시선이 엄마에게 닿았다. 엄마 역시 웃는 얼굴이었다. 엄마와 아빠가 서로 웃는 얼굴로 눈이 마주쳤다. 얼마 만에 보는 장면인지 가슴이 뭉클했다. 이런 장면을 볼 수만 있다면 나는 매일이라도 기꺼이 밥을 볶으리라.

"우리 지민이 이제 시집가도 되겠네."

아빠의 발언이 약간 불안했다. 엄마의 눈치를 살피며 자그마한 한숨이 새어 나왔다. 요즘이 어느 시대인데 아직도 그런 말을 하는지. 다행히 엄마의 얼굴에는 아직 미소가 남아 있었다.

"여태까지 먹어 본 볶음밥 중에 최고다."

아빠의 한마디 한마디가 불안했다. 나를 칭찬하려는 의도는 알겠지만 그렇게 말하면 이전에 엄마가 만들었던 수많은 볶음밥은 깎아내려지는 게 아닌가.

엄마는 아무 대답 없이 여전히 미소를 띤 채로 설거지를 준비하기 시작했다.

"아, 엄마, 설거지는 준기가 할 거야."

고무장갑을 끼려던 엄마가 나와 준기를 보고 싱긋 웃으며 말했다.

"맛있게 얻어먹었으니 설거지는 엄마가 할게요."

나는 엄마의 손에서 억지로 고무장갑을 벗겨 준기에게 건넸다. 준기의 휴대폰 위로 고무장갑에 있던 물방울이 똑 하고 떨어졌다.

준기는 반사적으로 짜증을 냈다. 나는 준기 눈을 빤히 쳐다보며 빨리 설거지를 하라는 메시지를 보냈지만, 준기는 선뜻 자리에서 일어나지 않았다. 대신 내 눈을 빤히 쳐다보며 입술을 두어 번 실룩거렸다.

"엄마 아빠, 혹시 중학생의 연애에 대해 어떻게 생각해?"

내 말에 준기는 깜짝 놀라 엄마 아빠의 눈치를 살폈다. 아빠는 그릇을 싹싹 긁어 먹으며 입맛을 다시더니 입을 열었다.

"좋은 친구 있으면 사귀어 보는 것도 좋지. 공부에 방해되지 않는 선에서."

"준기는 원래 공부 안 하잖아?"

내 물음에 아빠는 준기를 한 번 돌아보더니 미소를 띤 채로 말했다.

"좋은 친구 있으면 한 번 만나 봐. 아빠 닮아서 우리 준기도 인기 많을 텐데?"

준기 얼굴이 점점 환해지는 게 느껴졌다. 내가 의도한 대답은 이게 아니었는데. 나는 엄마에게로 시선을 옮겼다. 엄마는 나와 준기를 수상하다는 눈빛으로 바라보고 있었다. 엄마에게 대답을 기대해 볼 수밖에.

"엄마는 지민이도 준기도, 지금은 연애 안 했으면 좋겠는데. 다 큰 것 같아도 아직 어려서 서로 어떤 상처를 줄지도 모르고, 사람

보는 눈도 아직 부족할 수 있고……."

나는 적극적으로 고개를 끄덕이며 엄마 말에 집중했다. 준기의 아랫입술이 조금씩 튀어나왔다.

"그것도 다 경험이지. 상처야 시간 지나면서 이겨 내면 되고, 사람 보는 눈은 나이 먹어도 없을 수 있으니까."

아빠는 엄마의 말을 정면으로 부정했다. 어이없다는 표정을 짓고 있는 엄마의 입이 점점 더 벌어졌다.

"그래서 그렇게 연애를 많이 하셨어요? 하긴 사람 보는 눈은 내가 제일 없었다."

"이 사람아, 당신이 그렇게 말하면 내가 뭐가 돼? 당신만 뭐 사람 보는 눈 없었어?"

"당신이랑 결혼한 내가 잘못이지 뭐. 누굴 탓하겠어. 그래, 내 잘못이다. 내가 죽을죄를 지었다!"

"누가 들으면 뭐 자기가 훨씬 더 아까웠던 것처럼 말하네?"

나는 고개를 절레절레 흔들며 준기를 바라봤다. 준기가 고무장갑을 손에 끼면서 내게 원망의 눈빛을 보냈다. 그러더니 식탁 위에 고무장갑의 물기를 탁탁 털면서 말했다.

"알겠으니까 엄마 아빠 그만 좀 해."

준기가 제법 어른스럽게 느껴졌다.

*

더운 날씨에 층간 소음까지 더해지니 힘들다는 말이 절로 나왔다. 에어컨 바람은 답답하고, 창문을 열면 덥고. 이 와중에도 송준기는 방에 틀어박혀 수시로 시시덕거리고 있었다. 하윤이와 전화 통화를 하는 모양이다.

나는 그동안 김치볶음밥을 시작으로 유부초밥, 콩나물밥, 계란 볶음밥까지 성공적으로 해냈다. 엄마 아빠의 칭찬도 끊이지 않았다. 오늘 아침에는 엄마가 신용카드를 건네주며 미소를 지어 보였다.

마트를 몇 바퀴나 돌았는지 모르겠다. 칼을 쓰지 않고 간단하게 할 수 있는 요리를 찾다 보니 한계가 있었다. 겨우 카트에 넣은 건 인스턴트 물냉면 4인분이었다. 서연이의 추천 메뉴였다. 서연이는 냉면이 라면보다도 쉽다고 했다. 면을 삶아서 육수만 부으면 끝이란다. 더운 날씨에 이렇게 잘 어울리는 음식도 없을 것이다.

오늘은 아빠도 일찍 퇴근한다고 했다. 모처럼 넷이 모여 앉아 저녁을 먹을 수 있는 기회였다. 작은 냄비에 반 정도 물을 붓고 계란 네 개가 잠기도록 넣었다. 소금을 톡톡 뿌리고 식초병을 집는 내 모습이 꽤 그럴듯하게 느껴졌다.

커다란 냄비를 꺼내 물을 끓이기 시작했다. 그때에야 준기는 어기적거리며 방에서 나왔다. 그러고는 엉덩이를 긁던 손을 꺼내더니 아무렇지 않게 면발을 뗐다.

"너 손 안 씻었잖아!"

"괜찮아. 내 엉덩이는 깨끗해."

"하윤이는 너 이런 거 아냐?"

준기는 대답 없이 그저 쿡쿡 웃을 뿐이었다. 그러면서도 면발을 떼는 손짓을 멈추지 않았다.

"누나 저기, 물어볼 게 있는데."

나는 작은 냄비를 열어 젓가락으로 계란을 휘휘 저었다.

"하윤이 생일 얼마 안 남았잖아. 선물을 뭘 준비하면 좋을까?"

"9월 아니야? 뭘 벌써부터. 그때도 만나고 있을지 어떨지도 모르는데."

준기 눈이 휘둥그레졌다. 말이 너무 심했나 싶어 괜히 냉장고를 열어 보며 딴청을 부렸다.

"그때도 당연히 만나고 있을 거거든? 누나는 모르겠지만 하윤이가 나 엄청 좋아해! 나 엄청 귀엽고 멋있대!"

코웃음이 나왔다. 대꾸할 가치도 없는 말로 느껴졌다. 큰 냄비에서 물이 보글보글 끓기 시작했다. 잠깐 뜸을 들이는 사이, 소리는 부글부글로 무섭게 바뀌었다. 준기가 떼어 놓은 면을 냄비에 넣고 있다 보니 장난기가 발동했다.

"하윤이는 보기랑 다르게 낭만파야. 감성적이고 낭만적인 면이 있어."

"역시, 내가 보기에도 좀 그런 것 같긴 해."

준기가 반색하며 내 입을 바라봤다. 내 입에서 나오는 소리를 몽땅 다 기억이라도 하려는 듯 의욕적인 표정이었다.

"낭만적인 선물을 주면 좋을 것 같아. 종이학 천 마리, 뭐 이런?"

"그런 거 안 좋아하는 사람들도 많지 않아?"

"사람 나름이지. 하윤이는 안 그래. 낭만파라니까? 백퍼 감동받을 거야."

준기는 잠시 고개를 갸우뚱하더니 작게 '종이학 천 마리'라는 구절을 소리 내어 발음했다. 나는 가스레인지의 불을 끄고 준기에게 지시했다.

"동생아, 저 면을 여기 부어 주겠니?"

"벌써? 조금 더 끓여야 되는 거 아니야?"

"아니란다. 40초만 끓이면 된단다. 여기 찬물에 부어 보렴."

준기는 순순히 내 말을 따랐다. 면기에 면을 배분하고 삶은 계란을 하나씩 올리니 어느새 그럴듯한 한 끼가 완성되었다.

엄마가 급히 싱크대로 가더니 면발을 뱉어 냈다. 입안에 남은 텁텁한 기운을 지우려는 듯 수돗물로 여러 번 입을 헹구었다.

"아, 이거 안 익었잖아."

준기가 손바닥에 면발을 뱉으면서 원망스러운 눈빛으로 나를 쳐다봤다. 나는 냉면의 면발을 젓가락으로 쭉 들어 봤다. 군데군데 딱딱한 촉감이 젓가락을 통해서도 느껴졌다. 조금 더 끓여야 되는 게 아니냐는 준기의 말이 떠올라 얼굴이 달아올랐다. 포장지에 적힌 설명을 다시 읽어 보는 중이었다.

"1인분이 40초고, 2인분은 1분이라잖아. 우리는 4인분이니까 1분 30초는 넘게 했어야지."

준기 목소리가 점점 커졌다. 나를 나무라는 말투였다. 산수도 못하는 애가 얼추 그럴듯하게 냉면 삶는 시간을 이야기하고 있었다. 아빠는 아무렇지 않은 척 냉면을 삼키며 말했다.

"괜찮아. 먹을 만해. 못 먹을 정도는 아니야."

엄마는 면을 더 삶을 작정인지 그릇에서 면을 집게로 덜어 내고 있었다. 그때 준기가 좋은 생각이 났다면서 입을 열었다.

"그냥 전자레인지에 좀 돌리면 안 돼?"

과연 송준기다운 생각이었다.

"그럼 그게 냉면이냐? 온면이지. 너는 그렇게 먹어 보든가."

"그럼 어떡해. 다 누나 때문이잖아."

준기는 나를 흘겨보더니 고집대로 냉면을 전자레인지에 넣고 돌리기 시작했다. 그러는 사이에 엄마와 내 냉면은 다시 삶기는 중이었고, 아빠는 꾸역꾸역 다 익지도 않은 면발을 삼키고 있었다.

"아. 맛없어서 못 먹겠다."

모락모락 따뜻한 김이 올라오는 냉면을 먹으면서 준기가 말했다. 면이 푹 익었다지만 맛없기로는 내 냉면 역시 마찬가지였다. 엄마의 젓가락질 속도가 현저히 느린 걸 보면 엄마 역시 그런 듯했다. 아빠는 시원하다면서 연신 육수만 들이키고 있었다.

> 🗨 면만 잘 삶으면 존맛탱인데 아쉽네~

> 🗨 짜증 나. 완전 망. 올여름 냉면은 다 먹은 듯.

해가 졌는데도 한낮의 열기가 쉬이 가라앉지 않았다. 준기가 설거지를 하는 사이에 나는 집 앞에 나와 서연이와 카톡을 하며 죠스바를 먹는 중이었다. 오늘의 냉면 요리는 완전 실패였다. 라면보다도 쉽다는 말에 마음이 너무 해이해졌던 걸까.

시원한 죠스바를 한입 베어 물고는 여름 밤하늘을 올려다봤다. 한없이 파랗고, 동시에 한없이 까만 하늘이었다. 저 멀리서 알 수 없는 무언가가 반짝이는 것도 같았다. 입을 동그랗게 벌렸다. 입속 아이스크림과 바깥 공기의 온도를 비슷하게 맞추려는 의도로 입김을 호호 불었다.

💬 우리 학원에 새로 온 애 대박 잘생김!

💭 건하 오빠보다 더?

💬 인정 ㅋㅋㅋ

💭 오올ㅋㅋㅋ 궁금하다～

방학을 하고 얼마 되지 않아 서연이는 다른 사랑을 찾은 듯했다. 건하 선배를 볼 때마다 울상을 짓곤 하던 서연이의 얼굴이 떠올라 오히려 다행스러웠다. 그러면서도 평소 이런저런 상식도 많고 똑똑한 서연이마저 자신의 마음만은 어찌지 못하는 상황이 아이러니하게 느껴졌다. 나무 막대에 남은 아이스크림의 마지막 한 입을 쪽 빨아 먹었다.

그때 내 앞으로 축구공이 데굴데굴 굴러왔다. 공이 굴러온 방향으로 시선을 따라갔다. 통통한 남자아이가 공을 향해 뛰어오고 있었다. 하얀 피부와 어리바리한 표정이 준기 어릴 때와 무척 닮았다. 뒤뚱거리며 달리는 자세까지. 풋, 나도 모르게 웃음이 나왔다. 아이가 기분이 나쁠까 봐 얼른 입을 가렸다.

"누나, 공 좀 차 줄래?"

아이는 외모보다 또렷한 목소리로 또박또박 말했다. 슬쩍 공을 차 준다는 게 헛발질을 해 버렸다. 얼굴이 화끈 달아올랐다. 오늘은 이도저도 안 되는 날인가 보다. 아이가 그런 내 모습을 보더니

깔깔거리며 웃었다. 어느새 내 앞까지 달려온 아이는 공을 두 손
으로 끌어안고는 내 옆에 앉았다. 어디서부터 달려왔는지 가쁜 숨
을 몰아쉬고 있었다.

"몇 살이야?"

내 질문에 아이는 열 손가락을 쫙 펴 보이더니 오른손 엄지손
가락을 하나 접었다. 그런 아이의 모습이 귀여워서 자꾸 웃음이
나왔다.

"이름이 뭐야?"

"쭈나. 그냥 쭈나라고 불러."

"그래, 쭈나."

"누나는?"

"누나 이름은 지민이야."

"누나도 교복 입어?"

"그럼."

"좋겠다. 우리 형도 교복 입는데."

"어디 살아?"

아이는 등 뒤의 건물을 검지로 가리키더니 손가락 네 개를 펴
보였다. 순간 뒤에서 뜨겁고 끈적끈적한 바람이 훅 불어오는 느낌
이 들었다. 층간 소음의 장본인, 바로 요놈이었구나, 쭈나.

"누나는?"

나도 쭈나처럼 등 뒤의 건물을 가리키고는 손가락 세 개를 펴보였다. 내 손가락을 바라보는 쭈나의 눈이 순식간에 휘둥그레졌다. 그러고는 동그랗게 벌어진 입을 손바닥으로 가렸다.

"미안해. 누나. 앞으로는 정말정말 더 조심할 거야."

그러더니 축구공을 바닥에 내려놓고 발로 뻥 찼다. 쭈나는 공이 굴러간 방향으로 다시 뛰어가 버렸다. 한마디 인사도 없이.

♡6♡

응답하라, 연애 시대

학원도 다니지 않는 내가 방학에 공식적으로 외출하는 날은 오직 봉사 활동을 하는 날뿐이었다. 우리 반은 다음 주 목요일에 봉사 활동이 잡혀 있었다. 반드시 출석해야 하는 것은 아니지만 서연이와 나는 그날 오랜만에 회포를 풀기로 했다. 초아도 올 수 있다고 했다.

하루하루 의미 없는 시간들이 지나가고 있었다. 오전에 느지막히 일어나서 대충 아점을 챙겨 먹고 휴대폰을 보다가 마트에 다녀와 저녁을 준비하면 하루가 지나갔다. 이런 시간들의 반복 속에서도 과연 나는 성장하고 있다고 말할 수 있을지 의문이었다. 가끔은 어릴 때 보던 책들을 꺼내 읽으며 마음의 양식이라도 쌓는 양 스스로를 위로하기도 했다.

다음 주 목요일이 기다려졌다. 10시까지 학교에 가야 하니 8시에는 일어날 생각이다. 모처럼 아침에 샤워도 하고 고데기로 머리도 만져 볼 계획이다. 잘 보이고 싶은 사람이 있는 것은 아니다. 하지만 흔치 않게 교칙을 벗어날 수 있는 기회에 초라한 행색으로 나가고 싶지는 않았다.

옷장을 열고 다음 주에 입을 만한 옷을 찾아봤다. 초등학교 때 입던 옷들은 색이 변한 데다 목까지 늘어나 있었다. 중학교에 온 뒤로는 교복을 입는다는 이유로 사복을 거의 사지 않았다. 옷걸이를 하나씩 들춰 봤지만 마땅한 옷이 보이지 않았다.

발길을 돌려 안방으로 향했다. 엄마는 원래 멋쟁이였다. 어릴 때 사진을 보면 엄마는 항상 치마를 입고 있었다. 내가 유모차를 타고 있는 사진에도 엄마는 높은 구두에 원피스 차림이었다. 몸에 달라붙는 원피스는 엄마의 날씬한 몸매를 멋지게 부각하곤 했었다.

엄마의 옷장을 열었다. 어릴 때 사진 속에서 입고 있던 옷 같은 건 이제 한 벌도 없었다. 편안해 보이는 면 티셔츠와 바지가 대부분, 중간에 꽃무늬 블라우스 몇 벌이 있을 뿐이었다. 내가 입을 만한 옷은 딱히 보이지 않았다.

옷장 문을 닫으려다가 선반에 각 잡힌 가방이 놓여 있는 모습을 발견했다. 저게 바로 그 가방인 걸까? 몇 달 전에 가방 때문에 아빠가 크게 화를 낸 적이 있었다. 엄마는 몇 달 동안 벼르다가 특가 할인 매장에서 겨우 샀다고 둘러댔지만 사실 나도 마음속으로 아빠와 같은 생각이었다. 이 가방은 엄마의 평소 옷차림과 어울리지도 않았고, 이렇게 옷장 속에서 자리만 차지할 게 뻔했기 때문이다.

가방은 생각보다 부드러웠다. 하지만 자체만으로도 무게가 꽤 나갔다. 실용성은 떨어지는 것 같았다. 아랫부분에 브랜드가 작게 적혀 있었다. 텔레비전에서 본 명품 브랜드도 아니었다. 실제로 엄마 옷장에서 어디를 봐도 명품이라고 할 만한 건 하나도 없었다.

가방을 손에 들고 거울을 봤다. 몸을 오른쪽, 왼쪽으로 돌려 가며 가방의 모양과 내 분위기를 살폈다. 정장에는 꽤 잘 어울릴 것 같은 디자인이었다. 가방 앞부분을 손으로 쓸어 보았다. 이런 가방도 여유롭게 사지 못해 몇 달을 고민하고, 사고 난 뒤엔 아빠한테 며칠을 시달린 엄마 마음이 찌릿하게 느껴졌다.

다시 가방을 올려놓으려고 의자 위에 올라간 순간, 가방 뒤에 있던 커다란 상자가 두 개 보였다. 하나는 분홍색이었고, 하나는 하늘색이었다. 호기심이 생긴 나는 분홍색 상자에 먼저 손을 뻗었다. 생각보다 꽤 묵직한 상자를 들기 위해 두 손에 힘을 강하게 주어야 했다.

*

딸기우유를 닮은 지영이에게

영, 마이 러블리 영, 오늘 밤에도 그리움을 견디지 못하고 이렇게 펜을 들었소. 그대와의 전화를 끊고 나서 아직 한 시간도 채 지나지 않았는데 또 견딜 수 없이 그대를 보고 싶어요. 지금 내 품 안에 그대가 잠들어 있다면 얼마나 좋을까. 그런 상상을 하며 지나가는 밤을 견뎌 볼 뿐이라오.

그대와의 첫 만남이 아직도 기억에 생생하오. 분홍색 딸기우유에 꽂힌 빨대를 물들고 있던 그대의 빨간 입술, 수줍어하던 그 미소. 그 모습을 떠올릴 때면 나는 아직도 남몰래 미소를 짓곤 합니다. 더할 나위 없이 사랑스러웠지만 이토록 사랑에 빠지리라곤 그땐 미처 생각하지 못했었다오.

그대가 인생에 본격적으로 발을 들여놓은 스무 살의 뜨거운 여름부터 우리가 함께한 지 어느덧 오 년이라는 세월이 흘렀어요. 서로의 오해와 나의 욕심 때문에 잠시 멀어진 적도 있었지만 그 과정을 통해 우리 사랑은 더 단단하고 강해졌다고 믿습니다. 그 과정에서 제가 배운 것이라곤 이제 그대 없이는 도저히 살아갈 수 없겠다는 확신뿐이었어요.

이 편지를 보며 솟아오르는 닭살을 문지르고 있을 그대를 생각하며 말투를 원래대로 바꿔 볼게. 지영아, 지영아. 몇 번을 불러도 그리운 지영아! 나는 지금도 너와 함께할 주말을 생각하며 견뎌 내고 있어. 내일 출근하면 또 엄청 바쁘게 시달릴 거야. 그래도 견뎌 볼게. 너와 함께할 미래를 위해 어떤 일에도 웃을 수 있어.

　그리움이 덜해진 건 아닌데 왠지 눈이 점점 감긴다. 나는 꿈속에서도 너를 찾겠지? 꿈에서 또 만나자. 사랑해.

　　　　　　　　　　네가 그리운 어느 여름날, 지영바라기 석민.

　입을 헤벌린 채 한 줄 한 줄 편지를 읽었다. 이게 아빠가 엄마에게 쓴 편지라는 사실이 도저히 믿기지 않았다. 아빠가 이렇게 글씨를 잘 쓰는지도 몰랐고, 이렇게 재치 있는 사람인지도 몰랐고, 또 이렇게까지 엄마를 사랑했을 거라고도 생각해 보지 못했다. 나는 입을 쩍 벌리고 허공을 바라보며 천천히 고개를 가로저었다.

　이 편지 아래로도 봉투가 쭉 쌓여 있었다. 봉투의 아랫부분에는 검은색으로 몇 글자씩 적혀 있었는데, 어김없이 사랑이 넘쳐흐르는 느낌이었다. 당신의 석민, 사랑하는 석민, 지영밖에 모르는 석민, 지영 홀릭 석민, 지영 없인 못 사는 석민……. 어깨 위까지 소름이 돋아 두 손으로 양팔을 쓸어내렸다.

　"너네 부모님도 정말 열렬히 사랑하셨나 보다."

　언젠가 서연이가 했던 말이 귀에 맴돌았다. 그 말이 사실로 입증되는 순간이었다.

　나는 편지에는 진심이 담긴다고 믿는다. 얼마나 마음이 깊었으면 이 많은 양의 편지를 쓸 수 있었던 걸까. 다음 봉투를 열어 보는 내 얼굴에 미소가 지어졌다.

*

나의 사랑 나의 신부 지영이에게

내일은 드디어 우리가 공식적으로 하나가 되는 날이야. 이제 아침에 눈을 뜨면 내 옆에는 항상 지영이가 있는 거지? 밤에 잠들 때면 옆에 항상 지영이가 있는 거지? 믿기지가 않아. 지금까지 나는 이날만을 기다리며 살아왔던 걸까, 그런 생각까지 들 만큼 너무 행복해서 입이 계속 귀에 걸려 있어. 너와 함께할 내일이 너무 기다려지고 기대돼서 가슴이 두근거리는데, 지영이는 이런 내 마음을 알까.

지영아. 우리 지금까지 그래 왔던 것처럼 앞으로도 서로 배려하고 사랑하며 행복하게 지내자. 뱃속에 있는 지민이도 함께. 몸도 안 좋고 힘들 텐데 언제나 나부터 챙겨 주는 모습에 다시금 사랑을 느낄 뿐이야. 나도 앞으로 더 잘할게.

결혼식 날 아침에 전해 줄 편지인데 너무 감동적이면 지영이가 울어 버릴까 봐 간단히 줄이려고 해. 내 마음 믿고 나를 믿고 내게 와 줘서 고마워. 앞으로 영원히 사랑하자.

가장 아름다운 가을날, 세상에서 가장 행복한 신랑 석민.

아빠가 이렇게 로맨틱한 사람이라는 사실을 그동안 미처 알지 못했다. 내 이름이 나오는 부분을 읽으며 나도 모르게 눈시울이 뜨거워졌다. 콧날이 시큰거렸다. 애절한 드라마나 영화 속 주인공들 못지않게 엄마와 아빠는 서로를 사랑했던 것이다. 그런데 도대체 왜, 그간 무슨 일이 있었기에 이런 사이가 된 걸까.

아빠의 편지는 결혼식 전날에서 뚝 그쳐 있었다. 나는 쯧쯧쯧 혀를 차며 고개를 가로저었다. 지금 아빠는 엄마에게 했던 수많은 약속을 다 잊어버렸음이 틀림없다. 이렇게 옷장 속에 증거물이 뻔히 남아 있는데도.

그렇다면 하늘색 상자에는 엄마가 쓴 편지가 들어 있을까. 방문을 힐끔 바라봤다. 준기는 여전히 자기 방에서 나올 생각을 하지 않았다. 아직 엄마가 퇴근하기까지는 시간이 많이 남아 있었다. 나는 신나는 표정으로 하늘색 상자의 뚜껑을 열었다.

*

세상에서 가장 멋진 석민 오빠♡
오빠, 저 지영이에요. 오빠와 손을 잡은 지 어느덧 백 일이라는 시간이 흘렸어요. 어떤 선물을 준비하든 마음이 담긴 편지가 빠져서는 안 되겠다는 생각에 펜을 들었어요. 오빠 이름을 적었을 뿐인데 오빠가 앞에 있는 것처럼 자꾸만 얼굴이 아른거려서 가슴이 두근두근해요.

백일을 맞이하여 고백합니다! 저 사실 오빠 처음 봤을 때부터 좋아했어요. 처음 과방에 들어갔을 때 오빠 얼굴밖에 안 보였던 건 오빠 얼굴이 커서였을까요? 키가 커서였을까요? 그때부터 제 세상에 남자란 오빠밖에 없었답니다.

자꾸 연락하고 귀찮게 하는 제 마음 알아차리고는 먼저 제 손 잡아 줬을 때 저는 날아갈 것만 같아서 오빠 손을 더 꼭 잡은 거예요.

백 일 동안 많은 일이 있었죠. 한결같이 멋진 오빠 모습을 볼 때면 그 누가 오빠를 채어 갈까 봐 여전히 불안한 마음이 앞서요. 오빠에게 어울리는 사람이 되기 위해 더 예쁘고 착한 지영이가 되겠다고 다짐합니다!

앞으로는 더 많은 일이 있겠지만 오빠와 함께라면 어떤 세상의 풍파도 이겨 나갈 수 있을 것 같은 자신감이 생겨요. 오빠가 너무 보고 싶어서 한없이 불러 봅니다. 오빠, 오빠, 오빠, 오빠, 오빠……. 앞으로 더 많이 사랑해 주세요. 저 혼자만 오빠를 너무 많이 사랑하는 걸까 걱정이 돼요.

오빠를 생각하며 초콜릿을 만들어 봤어요. 오빠가 초콜릿을 좋아한다는 말을 듣고 저도 요즘 초코우유만 먹잖아요. 오빠가 좋아하는 과자에 초콜릿을 씌워 보기도 했어요. 초코에 초코가 더해지니 엄청 달아요.

그래도 제 마음만큼은 아닐 겁니다. 말로 다 표현할 수 없을 만큼 사랑해요, 석민 오빠.

엄마 아빠에게도 대학생 시절이 있었다는 사실이 믿기지 않았다. 엄마 아빠도 텔레비전에 나오는 연예인들처럼 풋풋하고 활기 넘치는 20대였던 적이 있다는 거지?

엄마가 대학에 입학했을 때 아빠는 한 학년 선배였다고 했다. 스무 살의 엄마와 스물한 살의 아빠는 그해의 여름부터 지금까지 함께하고 있는 것이다. 함께한 세월이 어느덧 서로의 인생에 절반이 넘었다.

관광학과 출신의 아빠는 엄마 때문에 어려서부터 꿈꿔 왔던 해외 취업도 포기했다고 한다. 가끔 아빠가 술에 취해 그것에 대한 아쉬움을 토로할 때가 있다. 하지만 당시에는 조금의 고민도 하지 않았다고 한다. 어릴 때부터의 오랜 꿈보다도 엄마에 대한 사랑이 훨씬 소중했던 것이다.

하늘색 상자에는 편지가 더 많았다. 아빠보다는 엄마가 편지를 더 많이 썼나 보다. 혼자만 더 많이 사랑하는 걸까 걱정이 된다는 엄마의 말에 공감이 갔다. 옅은 향수 냄새가 풍기는 편지 봉투를 하나씩 들춰 보며 엄마 아빠가 서로 사랑했던 마음을 느끼듯 살짝 눈을 감았다.

이 편지를 준기에게 보여 주면 어떤 반응을 보일까. 편지를 들고 일어났다가 다시 자리에 앉았다. 안 보이게 숨겨 둔 데에는 다 이유가 있을 것이다.

상자 맨 아래에서 커다란 봉투가 잡혔다. 그 봉투를 꺼내 본 나는 다시 입이 떡하니 벌어졌다.

엄마 아빠의 젊은 시절 사진이었다. 스무 살의 엄마는 아이돌처럼 예쁘고 날씬했다. 키가 크고 몸집이 큰 아빠는 항상 털털하게 웃는 표정이었다. 사진 속 아빠의 얼굴은 하얗게 빛났고 어깨는 지금보다 훨씬 더 반듯했다. 아빠의 넓은 어깨에 폭 파묻혀 있는 엄마 역시 행복을 감추지 못하는 표정이었다.

둘이 공원에서 입을 맞추고 있는 사진도 있었다. 곰돌이 캐릭터가 그려진 티셔츠를 맞춰 입고 있었다. 엄마는 아빠를 향해 두 팔을 들어 하트를 그리고 있었고, 아빠는 두 손을 얼굴 아래 펼쳐 꽃받침 모양을 취하기도 했다. 젊은 두 사람이 사진 속에서 금방이라도 튀어나올 것처럼 생생하게 느껴졌다.

동그랗게 부풀어 오른 엄마의 배에 아빠가 귀를 댄 채 미소 짓고 있는 사진도 있었다. 엄마는 그런 아빠의 모습을 사랑스럽다는 표정으로 바라보고 있었다. 그리고 저 뱃속에는 엄마 아빠 사랑의 증거물인 내가 있었을 것이다.

서연이의 말이 계속해서 귀에 맴돌았다. 엄마 아빠는 정말 서로를 열렬하게 사랑했구나, 사랑했었구나…….

침대에 누웠지만 잠이 오지 않았다. 하루 종일 집에만 있어 활동량도 부족한 데다 연애편지를 하도 많이 읽었더니 말랑말랑해진 몸도 마음도 부드러운 구름처럼 몽글몽글 떠 있는 것만 같았다. 오늘도 어김없이 서로를 향해 얼굴을 찌푸리는 엄마 아빠의 모습을 보면서도 편지의 내용을 떠올리며 웃음이 나올 뿐이었다.

눈을 감고 엄마 아빠의 젊었을 때 모습을 상상했다. 아빠는 낮은 목소리로 "지영아" 하고 엄마를 부르고 엄마는 "석민 오빠"를 부르며 아빠에게 안긴다. 아빠 품에 안긴 엄마가 고개를 들자 아빠는 하트 모양의 눈빛으로 엄마의 볼에 쪽 소리가 나게 입술을 맞춘다. 부끄러운 듯 엄마의 두 뺨이 발그레 붉어졌다.

꿈에서도 내내 영화를 보듯이 엄마와 아빠의 젊은 시절 모습을 상상했다. 그 어떤 로맨스 영화를 볼 때보다 더 설레고 두근거렸다. 너무 오랫동안 입을 벌리고 있었던 탓일까. 목이 말랐다. 깨기 싫은데, 일어나기 싫은데, 아쉬움을 뒤로하고 겨우 눈을 떴다.

방문 가까이로 다가가니 거실에서 엄마 아빠가 속닥이는 소리가 들렸다.

"그럼 어쩌자는 거야?"

"당신은 이렇게 껍데기뿐인 관계를 이어 가고 싶어?"

"나도 힘드니까 그만하자는 거 아니야?"

"그게 말처럼 쉬워?"

"쉽지 않아. 나도 정말 쉽지 않아. 그래도 서로를 위해서 그렇게 하자는 거야."

"당장 지민이랑 준기는 어떻게 할 건데? 애들 안 그래도 한창 사춘기라 예민한 때야."

"애들한테는 미안하지만 어쩔 수 없잖아."

"목소리 낮춰. 애들 들어."

"난 어쨌든 당신 용서 못해. 매일 당신 얼굴 보는 것도 힘들고……."

"나는 뭐 괜찮은 줄 알아?"

메마른 목구멍으로 눈물이 꿀꺽 삼켜졌다. 내가 엄마 아빠의 연애 시절을 되새겨 보고 있는 동안에도 엄마 아빠는 이혼을 생각하고 있었다. 이렇게 직접적으로 그것에 대해 대화하는 모습은 본 적이 없었다. 엄마 아빠는 준기와 내가 들을까 봐 새벽에 속닥거리며 의견을 나누고 있었나 보다.

엄마 노트북에서 '이혼'이라는 단어를 보고는 너무 순진하게 엄마가 이혼을 원하는 것이라고만 생각했다. 프로젝트를 진행하면서도 그리 다급하게 느껴지지 않았던 것은 아빠가 끝까지 이혼을 해 주지 않으면 된다는 생각 때문이었다.

하지만 지금의 대화 내용은 오히려 아빠가 더 이혼을 원하는 것처럼 들렸다. 아빠는 엄마를 용서하지 못한다고 말했다. 매일 얼굴을 보는 것이 힘들다는 건 분명히 아빠 목소리였다.

법원 앞에서 엄마와 아빠가 헤어지는 모습이 떠올랐다. 나와 준기는 손을 꼭 붙잡고 금방이라도 울음이 터질 것 같은 표정으로 엄마 아빠의 얼굴만 바라봤다. 엄마가 준기를 잡아당기고 반대쪽에서 아빠는 나를 끌어당겼다. 준기는 엄마와 함께 뒤돌아섰고 나는 아빠를 따라갈 수밖에 없을 것이다. 끔찍한 상상은 머릿속에서 꼬리에 꼬리를 물고 이어졌다.

양쪽 어깨에 붙어 있는 안전벨트 덕분에 이 세상에서 겨우 버티고 있었다. 세상이 얼마나 냉혹하고 무서운 곳인지 이미 나는 알고 있다. 마구 흔들리면서도 그동안의 나는 양어깨의 안전벨트 덕분에 조금씩 나아갈 수 있었다. 그런데 한쪽 어깨의 안전벨트가 툭, 하고 끊어져 버린 느낌이다. 앞으로는 이전과 똑같이 불어오는 바람에도 더 많이 흔들릴 것이다.

메마른 목구멍 속에서 소리 없는 울음이 터져 나왔다. 혹시라도 내 소리가 방 밖으로 새어 나갈까 봐 이불을 뒤집어썼다. 더운 공기가 숨 막히게 느껴졌다. 그리고 안전벨트 따위 원래 있지도 않았다는 듯이 격하게 어깨가 들썩였다.

7

가짜로 쓴 연애편지

봉사 활동이 끝나고 서연이, 초아와 함께 학교 앞 패스트푸드 점으로 향했다. 오랜만에 집에서 벗어나 친구들을 만나고 시원한 에어컨 바람도 쐬니 해방감이 느껴졌다.

서연이는 방학 동안 학원에 다니느라 정신이 없었다고 한다. 여전히 공부에는 별로 관심이 없지만 잘생긴 애가 새로 오고 나서 는 학원 다니는 게 훨씬 즐거워졌다고 한다. 오늘도 서연이는 아 빠가 얼마 전에 사 줬다는 브랜드 옷을 입고 나왔다. 선명한 로고 와 소매의 접힌 선이 새 옷임을 외치고 있었다.

초아는 동생들을 돌보느라 바빴다고 한다. 초아에겐 이미 초등학교와 유치원 다니는 동생들이 있었다. 안 그래도 손이 많이 가는데, 엄마의 배까지 불러 오자 동생들을 돌보는 일에 더 책임이 막중해졌다고 한다.

나는 달콤한 초코 아이스크림을 주문했다. 서연이와 초아가 끊임없이 조잘대는 이야기를 들으며 아이스크림을 한 숟가락씩 떠먹었다. 친구들의 이야기가 한 귀로 들어왔다가 반대편으로 그냥 흘러나가는 느낌이었다.

한참 이야기를 이어 가던 서연이가 고개를 돌려 내 얼굴을 빤히 쳐다봤다. 그제야 정신이 번쩍 든 나는 애써 미소를 지으며 서연이 얼굴을 바라봤다.

"너, 무슨 일 있지?"

눈치 빠른 서연이가 내 어둠을 알아차리지 못할 리 없었다. 사실 오늘 나는 서연이에게 다행 프로젝트를 부탁하려고 엄마 아빠의 연애편지 몇 개를 가방에 넣어 왔다. 하지만 쉽게 입이 떨어지지 않았다.

가방에서 엄마 아빠의 연애편지를 슬그머니 꺼냈다. 서연이와 초아가 흥미롭다는 듯이 봉투를 하나씩 들고 편지를 열어 봤다. 편지를 읽는 둘의 얼굴에 웃음꽃이 피어났다. 초아는 '대박, 대박'을 수시로 외치며 놀랍다는 듯이 한 손으로 입을 가렸다.

"아, 너무 귀여워. 이게 너네 엄마 아빠가 주고받은 편지라고?"

서연이의 물음에 나는 조용히 고개만 끄덕였다.

"부럽다. 둘이 정말 열렬하게 사랑하셨구나."

서연이가 뭘 부러워하는 건지 알 수 없었지만 그것에 대해서까지 질문을 할 여유는 없었다.

"근데 이거 왜 보여 주는 거야?"

한참 편지에 집중하던 초아가 내 눈을 바라보며 질문했다. 초아에게 엄마 아빠 이야기를 한 적은 한 번도 없었다. 나는 침을 한 번 삼키고 천천히 입을 열었다.

"우리 엄마 아빠 지금 이혼하려고 하거든."

"뭐?"

초아는 편지를 테이블 위에 내려놓고 두 손을 살짝 들며 알 수 없다는 반응을 보였다. 서연이는 걱정스럽다는 듯이 내 눈을 바라보고 말했다.

"아직도 그랬구나. 한동안 얘기 없어서 괜찮아지신 줄 알았어."

서연이의 말을 듣는데 또 눈시울이 뜨거워졌다. 눈물이 나오지 않도록 입을 꾹 다물고 아무 말도 하지 않았다. 서연이는 엄마 아빠의 연애편지를 다시 테이블 위에 펴 놓으며 한숨을 푹 내쉬었다.

"이렇게 서로 많이 사랑하셨는데, 어떻게 마음이 그렇게 변하신 걸까."

"나는 원래부터 영원한 사랑 같은 건 안 믿었어. 근데도 사람들 마음이 이렇게 변해 가는 걸 보면 안타까워. 속상해."

안타깝고 속상하다는 초아의 말에 결국 참고 있던 눈물방울이 똑 하고 떨어졌다. 아무래도 나는 요즘 눈물샘이 고장 난 것 같다.

"우리 엄마 필리핀에서 애인 있었대."

나는 휘둥그레진 눈으로 초아를 바라봤다. 서연이도 입을 동그랗게 벌리고 초아의 말에 집중하고 있었다.

"어릴 때부터 사귀었던 사람이래. 엄마 시집오기 전까지 계속 만났던 것 같아. 10년도 넘게. 내가 세 살인가 네 살 때 엄마가 나한테 얘기해 줬어. 너무 어려서 정확히 알아듣지는 못했지만, 아마 맞을 거야. 왜냐하면 그 사람 얘기하면서 엄마가 엄청 울었었거든. 난 지금까지도 엄마가 그렇게 우는 걸 본 적이 없어. 이번에 엄마가 임신했을 때 내가 물어봤다? 필리핀에 그 애인 아직도 생각나냐고. 엄마 눈이 동그래져서는 나보고 무슨 말을 하냐는 거야. 그런 말 한 적 없다는 것처럼."

"그럼 아니라고 하셔?"

서연이의 질문에 초아는 고개를 가로저었다가 빙긋이 웃어 보였다.

"내가 뒤돌아서 방으로 들어가려고 했을 때였거든? 엄마가 조그만 목소리로 그러더라. 시간이 지나면 다 그런 거야. 세상에 영원한 게 어디 있겠어."

"아, 마음이 아프다!"

한참 동안 아무 말 없이 듣고만 있던 나는 용기 내어 입을 열었다.

"나 좀 도와줄래?"

"뭐든."

무슨 부탁인지도 묻지 않고 서연이는 무조건 돕겠다고 대답했다. 초아도 내 쪽으로 몸을 기울여 집중했다.

"편지를 써 볼까 해."

나는 테이블 위에 놓인 엄마 아빠의 연애편지를 손으로 톡톡 두드렸다. 혹시라도 편지에 물기가 묻을까 봐 테이블을 티슈로 연신 닦으며 말을 이었다.

"지금 상황에서는 서로 편지를 쓸 일이 절대 없거든. 그러니까 내가 엄마인 척, 아빠인 척 대신 편지를 보내는 거야."

"오, 좋은 생각인데?"

"글씨체도 바꿔야 하고 이것저것 신경 써야겠지만, 내용이 제일 문제네."

초아가 한 손으로 편지를 짚으며 예리하게 말했다.

"그동안 너무 많이 싸워서 마음이 안 좋다, 미안하다, 그런 내용을 담으면 되지 않을까. 그냥 그렇게 생각해 봤어. 사실 며칠 동안 고민했는데 역시 혼자는 어렵겠다 싶어서 좀 도와달라는 거야."

"나 좋은 생각 떠올랐어. 이것 봐. 너네 엄마는 원래 딸기우유를 좋아하셨대. 처음 만났을 때도 엄마가 딸기우유를 드시고 계셨다잖아? 그런데 아빠가 초코를 좋아하셔서 이젠 초코우유만 드신다잖아?"

서연이가 검지를 들어 보이며 내게 시선을 고정한 채 말을 이어갔다.

"엄마한테 편지를 드릴 땐 딸기우유를 같이 전달하자. 또, 아빠한테 편지를 드릴 땐 초코우유를 같이 드리는 거야. 그리고 편지에 쓰면 되지. 당신이 좋아하던 게 기억나서 같이 준다면서. 그동안 이렇게 사소한 것도 챙기지 못했다고, 뭐 그런 식으로?"

잠자코 서연이의 말을 듣고 있던 내 머릿속에 또 한 번 '리스펙트'라는 단어가 떠올랐다. 서연이는 역시 머리 회전이 빨랐다. 나는 그동안 편지를 여러 번 읽으면서도 여기 있는 내용을 활용할 생각은 미처 하지 못했던 것이다. 초아도 서연이를 향해 작게 박수를 보내는 시늉을 했다. 서연이는 우쭐한 표정으로 계속 말했다.

"내가 보기에 더 큰 문제는, 이걸 어떻게 진짜 엄마가 쓴 것처럼, 아빠가 쓴 것처럼 하냐는 거야. 편지지야 문구점에서 사면 되는데, 글씨체 위조하는 게 생각보다 쉽지 않을 것 같아."

나는 가방 속에서 수첩을 하나 꺼냈다. 수첩에는 며칠 동안 엄마 아빠의 글씨체를 따라 연습한 흔적이 고스란히 남아 있었다. 동글동글한 엄마 글씨체는 따라 쓸 수도 있을 것 같았다. 엄마는 초성의 자음을 크게 쓰는 버릇이 있었다. 그리고 리을은 숫자 2에 가깝게 썼다. 문제는 아빠 글씨였다. 전형적인 어른 글씨체였다. 날려 쓴 듯, 흘려 쓴 듯, 그러면서도 그럴듯한 멋이 있는 아빠 글씨는 정말 따라 쓰기 어려웠다.

내게서 노트와 펜을 건네받은 서연이는 쉬워 보이는 엄마 글씨체부터 연습했다. 몇 번을 반복하며 글씨체를 바꾸더니 초아와 내쪽으로 수첩을 뒤집어 보였다. 정말 엄마 글씨처럼 보였다. 하지만 서연이도 아빠 글씨에 대해서는 어려움을 토로했다. 고개를 갸우뚱하며 아빠 글씨를 따라 써 봤지만 쉽지 않아 보였다. 그때였다.

"펜 줘 볼래?"

펜을 건네받은 초아가 수첩에 천천히 한 글자씩 적기 시작했다. 학교에서 매일 엎드려만 있는 초아의 글씨는 그동안 한 번도 본 적이 없었다. 의외로 초아의 필체가 어른스러웠다.

"내가 이래 봬도 펜글씨 교본으로 한글 공부한 사람이야."

초아가 멋쩍게 웃어 보이며 말했다.

"와, 근데 너네 아빠 리을 정말 멋있게 쓰신다. 리을이 제일 좀 어렵게 생겼잖아. 우리 엄마도 리을 쓰는 것 때문에 고생 많이 했어."

"이렇게 글씨를 잘 쓰는데 왜 공부를 안 해?"

"글씨 잘 쓰는 사람은 원래 공부 안 하거든요?"

서연이의 장난스러운 물음에 초아도 재치 있게 받아쳤다. 어느새 눈물을 거둔 나도 친구들의 모습을 보며 쿡쿡 웃음이 나왔다.

"그런데 편지를 언제 전할 생각이야?"

초아의 물음에 나는 고개를 갸우뚱했다. 편지를 대신 써서 전하겠다는 계획은 세웠지만 구체적인 일정은 생각하지 못했다.

"특별한 무슨 날이면 이유가 좋겠지? 더 자연스럽잖아."

서연이 말에 이런저런 날짜들을 짚어 봤다. 하지만 엄마 생일은 1월, 아빠 생일은 12월, 결혼기념일은 11월이었다. 결혼기념일까지 프로젝트 수행을 마냥 미룰 수도 없는 노릇이었다.

"결혼기념일은 11월이고, 당장은 이렇다 할 행사가 뭐 없네?"

서연이가 휴대폰을 열고 뭔가를 검색하기 시작했다. 그러더니 킥킥거리며 웃었다.

"매달 14일이 무슨 데이잖아. 그래서 8월 14일을 찾아봤더니, 그린데이래. 연인끼리 삼림욕을 하고 더위를 달래는 날이라는데? 이건 좀 그렇지?"

"그린데이는 좀 에바다. 차라리 블랙데이면 까만 초코우유를 건네는 이유라도 되지. 차라리 복날 어때?"

초아는 휴대폰 달력을 넘겨 보더니 8월 중순 즈음의 날짜에 검지를 콕콕 찍었다.

"우리 엄마는 복날 그냥 넘어가면 큰일 나는 줄 알아. 덕분에 복날마다 치킨 먹어서 좋긴 한데. 초복, 중복 다 벌써 지나갔잖아. 이제 남은 건 말복밖에 없어. 이거 놓치면 더 힘들어지는 거 아니야?"

초아의 말에 나는 의미심장한 표정으로 고개를 끄덕였다. 결국 말복에 편지를 전달하는 것으로 정리가 됐다. 일단 내가 내용의 초안을 잡고 서연이와 초아가 고쳐 주기로 했다. 내용이 마무리되면 서연이가 엄마의 편지를, 초아가 아빠의 편지를 써 줄 것이다. 금방이라도 다행 프로젝트가 성공할 것만 같은 든든한 느낌이 들었다.

*

"엄마, 뭐 봐?"

나는 안방 문을 열고 들어가 엄마 옆에 앉았다. 엄마는 노트북으로 보고 있던 영상을 멈추고 내게 시선을 돌렸다. 정지 화면에 있는 남자 배우는 구릿빛 피부에 쌍꺼풀 있는 커다란 눈을 가지고 있었다.

"엄마는 요즘 이런 스타일이 좋아?"

내 질문에 엄마는 웃음을 참지 못했다. 민망한지 노트북 화면을 덮었다.

"좋긴. 다 어린애들이지 뭐. 지민이는 방학 숙제 다 했지?"

나는 살짝 미소를 머금은 채 고개를 끄덕였다. 방학 숙제 같은 건 처음부터 안중에도 없었다. 요즘 나의 관심사는 오직 엄마 아빠였다. 어떻게 하면 두 사람이 다시 사이좋게 만들 수 있을까. 내가 엄마 아빠의 연애편지를 다 읽고 위조 편지까지 쓰려 한다는 걸 알면 엄마는 어떤 반응을 보일까.

"엄마는 원래 키 큰 사람 좋아했잖아. 아빠도 젊었을 때 멋있었지?"

"니 아빠도 키가 크니까."

"연예인 같았겠다."

"연예인은 무슨."

"아빠 젊었을 때 인기 많았다며?"

"니 아빠 매일 하는 소리? 그래, 인기가 없진 않았지. 키가 크고 성격이 활발해서 좋아하는 애들이 좀 있었어."

"다른 여자들이 엄마 되게 부러워했겠다."

엄마는 대답 없이 그저 웃어 보였다. 어떻게든 떠올리게 하고 싶었다. 젊은 시절의 아빠를, 그런 아빠를 애타게 좋아하던 과거 엄마의 모습을, 둘이 만들었던 소중한 시간들을.

"근데 지민, 왜? 지민이 좋아하는 남학생 생겼구나?"

"무슨 말이야. 아니야."

갑자기 튄 불똥에 고개를 절레절레 가로저었다. 엄마는 수상하다는 표정으로 나를 빤히 바라봤다. 엄마의 눈빛에 왠지 모르게 얼굴이 달아올랐다. 아닌데, 진짜 아닌데, 나는 지금 그런 데 신경쓸 여력도 없는데.

"엄마, 보던 거 마저 봐."

달아오른 얼굴을 들킬까 봐 나는 서둘러 자리에서 일어났다. 뒤돌아선 내게 엄마가 말했다.

"지민, 고민 생기면 언제든지 얘기해. 엄마가 도울게. 뭐든지."

고장 난 눈물샘이 또 말썽이었다. 엄마 아빠가 이혼하고 내가 아빠와 살면 엄마와는 만나기도 어려워질지 모른다. 그렇다고 나까지 엄마와 살면, 혼자 남는 아빠가 너무 불쌍해지는데.

아빠는 소파에 누워 야구 경기를 보고 있었다. 수시로 추임새까지 섞어 가며 혼자서도 재미있게 보고 있었다. 마침 카메라는 관중들 앞에서 춤을 추고 있는 치어걸을 비추고 있었다. 젊고 화사한 치어걸들이 화면을 가득 채웠다.

"아빠, 엄마도 저렇게 예뻤었지?"

아빠는 나를 힐끔 돌아보더니 껄껄거리며 웃었다. 아무런 대답도 하지는 않았다.

"엄마도 젊었을 때는 날씬하고 예쁘고 멋쟁이였잖아."

"그랬지."

간단하게 대답하고는 다시 화면에 집중하는 아빠를 흔들어 깨우고 싶었다. 엄마의 모습이 정말 기억이 나냐고, 아빠가 뭐라고 약속했었는지 기억하고 있냐고.

그때 아빠가 다시 입을 열었다.

"니 엄마 엄청 날씬했었지. 관광학과 대표 몸짱이었는데? 지금은 그때 비하면 엄청 부었지."

"저 사람들도 나이 들면 다 부을걸? 아마 엄마보다 훨씬 더 뚱뚱해질걸?"

내 말에 아빠는 다시 껄껄 웃을 뿐이었다.

오늘따라 몇 시간째 방에 틀어박혀 나오지 않고 있는 준기에게 향했다. 가늘게 열린 틈으로 준기의 뒷모습을 노려봤다. 당연히 컴퓨터 앞에 앉아 있을 거라 생각했는데 뜻밖에 책상 앞에 앉아 있었다. 무얼 하고 있는지 몹시 궁금해졌다. 분명히 공부를 하는 건 아닐 텐데. 확인하기 위해서는 순식간에 덮치는 수밖에 없다. 나는 마음속으로 하나, 둘, 셋을 세고 방문을 벌컥 열었다.

"아, 뭐야?"

준기 책상 위에 놓인 건 분홍색 편지지였다. 이미 두 장은 망쳤는지 앞에 구겨져 있었다. 준기가 쓰고 있던 편지를 몸으로 가리는 틈을 타 앞에 구겨진 종이 한 장을 펴 들었다.

"하윤아, 안녕. 나야, 준기. 네 남자친구. 편지를 받고 싶다는 너의 말에……."

준기가 벌떡 일어나 내 입을 틀어막았다. 나는 편지지에서 눈을 떼지 않은 채 킥킥거리며 웃었다.

"아, 진짜 짜증 나. 좀 나가라고."

준기는 크고 단단한 손으로 내 손에 들려 있던 편지지를 가로챘다. 나는 장난스러운 표정으로 준기를 바라보며 말했다.

"동생아, 편지 쓰는 걸 좀 더 연습해야겠구나. 누나의 도움을 받는 건 어떠니?"

진심이었다. 엄마 아빠의 연애편지에 비하면 준기는 아직 갈 길이 멀었다.

"아 됐으니까 시비 털지 말고 제발 좀 나가. 누나 소리 듣고 싶으면 제발 누나답게 좀 해!"

준기 표정이 어느 때보다 심각해 보였다. 준기 입에서 '누나'라는 단어가 반복되는데 나도 모르게 눈시울이 붉어졌다. 안과에 가 봐야 하는 걸까. 눈의 어디가 문제인 걸까. 내 표정을 본 준기는 자그맣게 한숨을 내쉬더니 아무 말도 하지 않았다.

나는 손바닥으로 양쪽 눈을 꾹 누른 채 현관문을 열고 밖으로 나왔다. 오늘도 어김없이 찜통더위였다. 땀인지 눈물인지 알 수 없는 액체가 얼굴 위로 주르륵 흘러내렸다.

집 앞 벤치에 쪼그려 앉아 허공을 바라봤다. 푸른 하늘에는 하얀 구름이 뭉게뭉게 떠 있었다. 하늘은 저렇게 넓고 맑건만 내 가슴은 한구석이 꽉 막힌 듯 답답하기만 했다. 엄마와 아빠가 싸우는 모습을 볼 때도, 준기와 하윤이가 잘 지내는 모습을 볼 때도 마음이 힘들었다. 왜 모든 게 다 답답하고 속상한 걸까. 결국 내 옆에는 이렇게 아무도 없는 걸까.

쪼그려 앉아 무릎 사이에 고개를 푹 숙였다. 나한테는 정말 나밖에 없는 것 같아서 두 팔로 내 두 다리를 꼬옥 껴안았다. 괜찮다면서 토닥였다, 내 팔을, 다리를, 등을. 몸끼리 닿아 있는 곳에서도, 그 어디에 닿아 있지 않은 곳에서도 흥건하게 땀이 흘렀다.

한참을 그러고 있다가 살며시 고개를 들었다. 따사로운 햇빛에 눈살을 찌푸리고 문득 옆을 돌아봤다. 악, 누군가가 내 옆에 가만히 앉아 있었다. 몸까지 틀어 나를 빤히 바라보고 있었다. 언제부터 이렇게 보고 있었던 걸까.

"오늘 울고 싶은 날이었구나?"

쭈나는 주머니에서 막대 사탕을 하나 꺼내 내게 건넸다. 열기에 녹은 부분이 껍질에 눌어붙어 끈적끈적하게 변해 버린 그런 막

대사탕이었다.

"그런 날은 실컷 울고 이렇게 사탕 하나 먹으면 훨씬 낫더라."

나보다도 한참 어린 쭈나의 위로에 나는 마땅한 대답을 찾지 못했다.

"지민이 누나 파이팅."

쭈나는 한 손으로 주먹을 들어 하늘로 뻗었다. 그러고는 자리에서 벌떡 일어나 앞으로 달려갔다. 점점 작아지는 쭈나의 뒷모습을 바라보는 내 입가에 조금씩 미소가 번졌다.

*

"어, 이거!"

서연이가 매대에서 편지지를 하나 꺼내 들어 보였다.

"너네 엄마가 100일 때 쓰셨던 그 편지지랑 비슷하지 않아?"

하늘색이 연하게 이어지다가 아랫부분은 파도로 연결되는 디자인이 정말 그때 엄마가 쓴 편지지와 비슷했다. 서연이가 건넨 편지지를 일단 손에 들었지만 위에서부터 빼곡하게 쳐진 줄을 보자 걱정이 앞섰다.

"너무 줄이 많은 듯."

"그런가?"

서연이는 편지지에 쳐진 줄의 개수를 세어 보더니 혀를 내두르며 고개를 가로저었다.

"꼭 한 쪽을 다 채울 필요는 없지만, 비어 있으면 좀 그러니까."

"그러면 편지지 말고 카드 어때? 카드가 부담이 좀 적지 않을까?"

서연이와 나는 자연스럽게 반대편 매대로 향했다. 귀여운 디자인의 카드가 가득했다. 매대를 훑어보다가 맨 위에서 시선이 멈췄다. 하얀 바탕에 알록달록한 여러 개의 풍선을 들고 있는 곰돌이 그림이 있는 카드였다. 엄마 아빠가 공원에서 입고 있었던 커플 티에 그려져 있던 곰돌이와 비슷하게 생긴 모습이 시선을 사로잡았다.

그때 맞은편 편지지 코너에서 주고받는 말소리가 들렸다.

"여친 있는 것보다 모솔이 더 어려울 수도 있어."

"에이, 그래도 여자친구 있는 게 더 어렵지."

"아니, 박건하 같은 경우에는 고백을 그렇게 많이 받는데도 계속 솔로라니까 더 어렵다는 거지."

깜짝 놀란 서연이가 내 손을 쥐었다 놓았다. 말을 하려고 하자 서연이는 검지를 내 입술 앞에 가져다 댔다. 맞은편 언니들의 대화가 이어졌다.

"근데 모솔 확실해?"

"그렇대. 학원 끝나면 부모님 식당 일을 돕는 바른 생활 사나이 래. 전 남친이 절친이었잖아. 그렇게 한 치의 흐트러짐 없는 인간 을 본 적이 없다더라."

"아, 어떻게 고백해야 될까?"

"평범하게는 안 될 것 같고. 한 번으로도 어려울 것 같은데."

매대 이곳저곳에서 편지지를 꺼내는 소리가 들렸다. 그러더니 누군가 한 손 가득 편지지를 들고 계산대로 향했다. 우리 학교 3 학년 언니들이었다. 날씬한 몸매에 긴 생머리의 뒷모습이 무척 어 른스러워 보였다.

언니들이 멀어지는 걸 확인하고 나서야 서연이는 동그랗게 벌 리고 있던 입을 다물며 말을 하기 시작했다.

"내가 제대로 들은 게 맞을까?"

"나도 모르겠어."

"대박! 모솔이라고?"

"너 이제 안 좋아한다며."

서연이는 살짝 혀를 깨물고 미소를 지었다. 나는 맨 위에 있는 곰돌이 카드를 두 개 꺼내 손에 들었다.

"고른 거야?"

"응. 엄마 아빠 옛날에 커플 티 그림이랑 비슷해."

"와, 부럽다. 커플 티 입고 데이트라니."

카드를 열어 내부를 확인했다. 하얀 속지에는 아무런 표시도 없었다. 여기에 엄마 아빠의 글씨체로 사랑의 내용을 담아 전달하면 되는 것이다.

＊

　지민 아빠에게

　얼마 만에 쓰는 편지인지 모르겠네. 연애할 때는 그렇게도 많이 썼던 편지인데 오랜만에 펜을 드니 어색하기만 하네. 힘든 상황에서도 우리 가족을 위해 열심히 일하는 당신에게 항상 고마움을 느끼고 있어. 그런데 마주치면 그 고마움을 표현하기는커녕 툴툴대기만 해서 점점 미안함만 쌓여 가는 것 같아. 직접 말하기 어려워서 이렇게 카드의 힘을 빌리는 거야. 고마워. 복날을 맞아 어떤 음식보다도 당신이 좋아했던 초코우유를 주고 싶었어. 맛있게 먹고 힘내서 우리 가족 앞으로도 행복하게 지내자. ─ 당신의 지영

　p.s. 카드에 곰돌이 어디서 본 것 같지 않아? 우리 커플 티… 그립다.♡

아빠를 뭐라고 불러야 할지부터 고민이었다. 과거 편지에서 엄마는 아빠를 늘 석민 오빠라고 불렀지만 집에서 그런 말은 한 번

도 들어 본 적 없었다. 요즘엔 서로를 부르는 모습을 거의 보지도 못한 것 같다.

엄마는 어쩌다가 내게 아빠 이야기를 할 때 '니 아빠'라고 했고, 아빠는 엄마 이야기를 할 때 '니 엄마'라고 했다. 서로의 관계는 쏙 빼 버리고 나와의 연관만 강조하는 것 같아 그 표현이 늘 듣기 싫었다.

그럼에도 나는 초안 맨 윗줄에 '석민 오빠에게'라고 적었었다. 하지만 서연이와 초아의 조언에 따라 '지민 아빠'로 고쳤다. 아무리 편지라고 해도 마주치기만 하면 싸우는 사이에 갑자기 '석민 오빠'라고 부르는 건 너무 급발진인 것 같다는 게 친구들의 의견이었다.

존댓말을 쓰려고도 했지만 너무 어색하게 느껴질 것 같아 말하듯이 편안하게 쓰기로 했다. 반말로도 이렇게 다정한 분위기가 만들어질 수도 있다는 게 신기할 뿐이었다.

서연이는 초안에 없었던 하트까지 넣어 카드를 완성해 주었다. 엄마 글씨체를 몇 번이나 연습했다더니 카드를 펴 보는 순간, 정말 엄마가 썼다는 느낌이 들 정도였다. 초성이 크고 동글동글한 엄마 글씨체가 또박또박 적힌 모습이 그저 귀여웠다.

＊

지영이에게

　너무 오랜만에 펜을 드니 어색하기만 하네. 그래도 오늘은 당신에게 딸기우유와 카드를 꼭 전해 주려고 해. 오랜 시간 함께하면서 생각만큼 당신을 행복하게 해 주지 못해 늘 미안한 마음이라오. 집안일 하면서 바깥일까지 하는 게 얼마나 힘든지 알면서도 막상 마주치면 당신에게 따뜻한 말 한마디 건네지 못하는 남편이라 마음이 얼마나 불편한지 모르오. 당신을 향한 내 마음은 여전하고 고마움은 점점 커져만 가는데, 이 마음을 어떻게 표현하면 좋을지. 앞으로 더 열심히 할게. 나 믿고 앞으로도 평생 내 옆에 꼭 붙어 있어 주오. - 당신의 석민

　p.s. 카드에 그림이 어디서 많이 본 것 같은데 당신도 기억이 나는지…….
그 옷을 입었을 때와 지금 내 마음은 여전하다오.

　초아의 어른스러운 글씨가 카드에 또박또박 적혀 있었다. 펜글씨 교본에나 나올 법한 글씨체였다. 중간에 리을이 부자연스럽게 적힌 부분이 몇 군데 보였지만 크게 어색하지는 않았다. 나는 초아를 꼭 껴안고 고마움을 표현했다.

　아빠의 편지를 구상하는 일은 더 어려웠다. 과거 편지에도 보

면 아빠는 엄마에게 '당신, 그대'와 같은 간지러운 표현을 많이 사용했었다. 그렇다 보니 말투가 고풍스럽게 느껴지기도 했다. 더 솔직히 말하자면 현실감 없는 말투였다. 나는 1900년대 초반을 배경으로 하는 드라마에서 봤던 말투를 떠올려 보고 검색해 보며 촌스러운 그 말투를 재현해 냈다. 마지막이 '-오'로 끝나는 문장을 쓰면서 나도 모르게 닭살이 돋아 몇 번이나 팔뚝을 쓸어내렸다.

'사랑해'라는 문장을 열 번도 넘게 썼다가 결국 지웠다. 과거 편지를 보면 엄마도, 아빠도 사랑한다는 말을 서로에게 아끼지 않았었다. 그렇다면 지금도 서로를 사랑하고 있을까? 엄마가 아빠를 바라보는 눈빛, 아빠가 엄마를 볼 때의 그 표정도 사랑이라면 나는 앞으로 사랑 따위 절대로 하고 싶지 않다.

그래서 나는 엄마 아빠가 지금은 서로를 사랑한다고 말하기에 무리가 따른다는 결론을 내렸다. 하지만 사랑은 어차피 변하는 거니까. 한편으로는 그 말이 가능성이자 희망이기도 했다. 사랑하다가 사랑하지 않게 된 것처럼, 지금은 사랑하지 않고 있지만 다시 사랑하게 될 수도 있기 때문이다. 다음 편지에서는 서로에게 다시 사랑한다는 표현을 쓸 수 있었으면 좋겠다. 물론 그때도 내가 쓰면 안 되겠지만.

카드를 반듯하게 접어 봉투에 넣었다. 스티커를 붙일까 하다가 너무 유치해 보이면 들킬 우려가 있을 것 같다는 서연이의 말에 그냥 놔두었다. 풀칠도 하지 않고 테이프도 붙이지 않았다.

봉투 앞부분에 간단히 받는 사람만 적기로 했다. 서연이는 펜을 들고 봉투 아랫부분에 '지민 아빠'라고 썼고 초아는 '지영'이라고 썼다. 엄마에게는 '지민 엄마'가 아니라 '지영'이라고 이름을 부르고 싶었다. 이유는 설명할 수 없었다. 사랑하는 데 이유가 있겠냐는 아빠의 말이 떠올랐다.

편의점에서 2+1 행사를 하고 있는 우유를 샀다. 딸기우유 하나와 초코우유 두 개를 골랐다. 양손에 들린 봉지에서 카드를 다시 꺼내 확인했다. 혹시 봉투와 카드가 바뀌지는 않았는지, 딸기우유와 초코우유를 헷갈리지는 않았는지 세 번이나 확인했다. 그러고 나서 남은 초코우유 하나를 단숨에 들이켰다. 시원한 초코우유가 식도를 타고 달달하게 내려갔다. 벌써 말복이라니 곧 이 무더위도 지나가겠지.

이제 이걸 어떻게 전달하느냐가 관건이었다. 어버이날 편지를 전할 때처럼 할 수는 없었다. 내가 주는 거라고 오해를 살 여지를 주면 절대 안 된다. 어쩔 수 없이 준기의 도움이 필요했다.

*

"위조 편지? 그럼 누나가 엄마 아빠를 사칭했다고?"

내 말을 들은 준기가 눈이 휘둥그레져서는 손사래를 쳤다.

"오죽하면 그랬겠어. 이런 게 바로 선의의 거짓말이야."

"범죄 아니야? 걸리면 감옥 가는 거 아니야?"

바보 같은 말에 나는 준기 머리를 주먹으로 콱 쥐어박았다.

"아, 왜 때려? 너도 한번 맞아 볼래?"

"뭐, 너? 너 지금 너라고 했냐?"

내가 눈을 부릅뜨고 있었지만 준기는 아랑곳하지 않고 내 머리를 콱 쥐어박았다. 준기의 단단한 손이 마치 돌덩이처럼 느껴졌다. 눈물이 핑 돌았다.

"넌 내가 왜 이런 짓을 한다고 생각해? 아직도 상황 파악이 그렇게 안 되냐?"

눈물이 글썽글썽해져서는 울먹이자 준기의 표정이 심각해졌다. 내 눈을 빤히 바라보다가 아랫입술이 삐죽 튀어나온 준기 눈도 조금씩 빨개지는 것 같았다.

"시키는 대로 할 거지?"

준기가 고개를 끄덕였다. 그때 현관문이 열리는 소리가 들렸다. 엄마가 평소보다 빨리 온 걸까. 화들짝 놀란 나는 발을 동동 구르며 준기에게 엄마를 붙잡고 있으라고 말했다.

준기 방에서 뛰쳐나온 나는 엄마와 눈이 마주쳤다. 오늘도 엄마는 잔뜩 지친 표정이었다.

"왜 그래?"

"아, 아니, 엄마, 준기한테 좀 가 봐."

"왜? 준기 아프니?"

깜짝 놀란 엄마는 바로 준기 방으로 달려갔다.

"동생아, 동생아, 괜찮니, 너 괜찮은 거지?"

나는 서둘러 준기를 불렀다. 준기가 침대에 풀썩 눕는 소리가 들렸다. 얼마나 몸이 무거우면 누울 때마다 저런 소리가 나는지, 준기의 침대가 불쌍하다.

그 틈을 타 나는 계획대로 화장대 위에 아빠의 편지와 딸기우유를 놓으려고 안방으로 달려갔다. 서랍 안에 넣을지 화장대 위에 올려놓을지 고민하며 잠시 서 있는 동안 도둑질이라도 하는 것처럼 손이 벌벌 떨렸다.

화장대 서랍을 열었다. 생각지도 못한 글자에 깜짝 놀라 뒤로 자빠질 뻔했다. 서랍을 닫고 화장대 위에 카드와 딸기우유를 가지런히 올려놓았다.

방을 나서려고 하다가 순간적으로 뒤로 돌아 다시 화장대 서랍을 열었다. 서랍 속에 들어 있던 종이를 휙 가로채고는 내 방으로 달렸다.

"열은 없는 것 같은데 애가 왜 이래. 어디가 아픈 거야? 송준기, 제대로 좀 말해 봐."

"아, 아, 아, 아, 아아아."

송준기는 제법 연기를 하고 있었다. 가까이서 보지 못하는 게 조금 아쉬웠다. 나는 침대 속에 엄마의 화장대 서랍에 있던 문서를 넣고는 능청스럽게 방에서 나왔다. 그러고는 헛기침을 두어 번 하고 화장실로 들어갔다. 세면대 물을 틀고 변기 물도 내리면서 준기에게 신호를 보냈다.

문 밖에서 준기의 소리가 들렸다. 준기는 "아이고 배야." 소리를 내면서 안방 화장실로 달려갔다. 준기의 거대한 몸이 움직이면서 생긴 진동에 내가 앉아 있는 변기까지 흔들리는 것 같았다. 윗집 층간 소음만 뭐라고 할 게 아니라니깐.

계획대로 엄마가 준기를 따라 안방으로 들어갔다. 준기가 하는 말이 희미하게 들려왔다.

"엄마, 이거 딸기우유 뭐야?"

나는 슬그머니 거실로 나왔다. 이윽고 변기 물을 내리는 소리가 들리더니 준기가 개운한 표정으로 나왔다. 괜찮냐고 물어보는 엄마의 말에 준기는 몇 번이나 괜찮다고 대답했다. 준기가 나오고 엄마는 한참 동안 방에서 나오지 않았다. 편지를 읽는 엄마의 반응을 상상하자 나도 모르게 몸이 자꾸만 샐룩거렸다.

오늘도 아빠는 퇴근이 늦었다. 감기는 눈에 힘을 주고 고개를 도리도리 흔들며 잠을 깨기 위해 노력했다. 아까 엄마의 서랍에서 꺼내 온 서류를 펼쳐 봤다. 내용은 아무것도 쓰여 있지 않았다. 하지만 위에 적힌 다섯 글자만으로 충분히 가슴이 내려앉았다.

맨 위에 '이혼신고서'라는 다섯 글자가 또렷하게 적혀 있었다. 아빠와 엄마의 신상 정보를 여기에 적어서 제출하면 이혼이 되는 건가 보다. 함께한 세월이 얼마나 긴데 이렇게 간단한 문서 한 장으로 이혼이 된다니, 나는 길게 한숨을 내쉬었다.

이혼신고서를 반으로 접고 또 반으로 접고 또 반으로 접었다. 손바닥 위에 올리고 주먹을 꼭 쥐었다. 다시는 펴지지 않도록 있는 힘을 다해 종이를 구겼다. 그러고는 내 책상 서랍에 버리듯이 집어던졌다.

거실로 나가 보니 엄마는 방으로 들어가고 없었다. 요즘 아빠는 자연스럽게 거실을 자기 방처럼 쓰고 있었다. 소파 옆에 있는 작은 선반에는 아빠의 옷가지가 뒹굴고 있었고 베개와 이불도 소파 한구석에 떡하니 자리 잡고 있었다.

소파 위에 카드랑 초코우유를 올려놓았다. 혹시 모르니 아빠가 직접 확인하기 전까지는 거실을 지키고 있을 작정이다. 그때 갑자기 안방 문이 열리면서 엄마가 나왔다.

"안 자?"

나는 카드와 초코우유가 안 보이도록 이불로 덮으며 아무렇지 않게 리모컨을 들었다.

"아, 나 볼 거 있어서. 보고 자려고. 엄마 먼저 자."

텔레비전을 켜고 이리저리 채널을 돌렸다. 지난주에 본 예능 프로그램을 재방송하고 있는 데서 멈췄다. 엄마는 물끄러미 내 모습을 보더니 말했다.

"오늘 아빠가 퇴근이 늦네. 지민, 적당히 보고 들어가. 엄마 먼저 잔다."

엄마가 지금 분명히 아빠를 '아빠'라고 말했다. 평소 같았으면 '니 아빠'라고 했을 텐데. 텔레비전 속 개그맨들을 따라 억지로 소리 내어 웃어 봤다. 눈은 텔레비전을 향해 있었지만 머릿속으로는 온통 엄마 아빠에 관한 생각밖에 없었다. 화장대 서랍 속에서 발견한 이혼신고서는 정말 충격적이지 않을 수 없었다. 이런 종이까지 이미 가지고 있다는 건 금방이라도 갈라설 준비가 되어 있다는 말인 것 같았다.

"누나 미쳤어?"

웃음소리를 몇 번 반복하자 준기가 방에서 나왔다. 준기와 눈이 마주쳤다. 심각한 표정을 하고 있는 내 얼굴을 보더니 준기의 안색도 시무룩해졌다.

"얼른 자."

나는 입을 열면 금방이라도 엉엉 우는 소리가 터져 나올 것 같아 아무 대답도 하지 않고 꾹 참았다.

그렇게 30분쯤 앉아 있었을까. 드디어 현관문이 열리는 소리가 들렸다. 아빠보다 술 냄새가 먼저 훅 들어왔다. 아빠는 소파에 앉아 있는 나를 보더니 활짝 미소를 지어 보였다. 반듯하고 거대했던 아빠의 덩치가 나날이 쪼그라들고 있는 듯한 느낌이었다. 실제로 아빠는 요즘 살이 많이 빠졌다.

나는 이불 속에 감춰 뒀던 카드와 초코우유가 보이도록 이불을 휙 걷었다. 아빠가 비틀거리며 내 쪽으로 걸어왔다.

"저게 뭐야?"

"몰라. 엄마가 놓은 것 같은데."

나는 카드와 초코우유에 대해서는 정말 모르고 관심도 없다는 척 자리에서 일어났다. 아빠는 소파에 털썩 주저앉아 카드를 손에 들었다.

아빠의 시선이 한동안 봉투에서 멀어지지 않았다. 봉투를 열어 보지도 않고 한참을 멍하니 앉아 있었다. '지민 아빠'라는 네 글자만 보고도 많은 생각이 드나 보다. 그런 아빠의 모습을 보고 있자니 금방이라도 울컥 눈물이 쏟아질 것만 같아서 방문을 쾅 닫고 내 방으로 들어왔다.

8

이별, 그리고 만남

"누나, 잠깐 이리 와 봐."

웬일로 준기가 나를 불렀다. 서연이와 카톡을 주고받고 있던 나는 휴대폰 화면을 닫고 준기 방으로 향했다. 마침 서연이와의 대화도 슬슬 짜증이 날 무렵이었다. 서연이는 오늘 아빠에게 새 책가방을 선물로 받았다고 했다. 비싼 가방이지만 자기 스타일이 아니라며 툴툴대는 서연이의 불평을 점점 들어 주기 어렵다는 생각이 들었다.

솔직히 말하면 나는 서연이가 부럽다. 정말 많이 부럽다. 서연이에게는 수시로 선물을 주는 아빠가 있다. 그리고 엄마와 아빠가 싸웠다는 말도 한 번도 들어 본 적 없었다. 그야말로 풍족하고 화목한 집안. 부럽다는 마음은 때로 질투로 나아갔고 가끔은 이렇게 짜증으로 변하기도 했다.

"하트 모양이랑 별 모양 중에 뭐가 나아?"

준기는 모니터에 유리병 두 개를 띄워 놓고 대뜸 내게 물었다. 준기의 의도를 알아차린 나는 또다시 기분이 안 좋아졌다. 고작 이런 질문을 하려고 나를 방으로 부른 건가 싶어 대답 없이 준기를 노려봤다.

"아, 누나, 좀 도와줘. 하트 모양이 의미는 있는데 멋은 좀 없지?"

아무 말도 하지 않고 뒤돌아 방을 나가려는데 내 손을 준기가 덥석 잡았다. 꽉 잡고는 놓아 주지 않았다. 단단한 돌덩이 같은 손에서 제법 온기가 느껴졌다.

"이래서 어렵다는 거구나. 나는 누나가 이전처럼 하윤이랑 잘 지냈으면 좋겠는데."

"뭔 소리야?"

"누나가 하윤이 시누이잖아. 인터넷에 보면 시누이 욕하는 사람들이 정말 많던데, 나는 누나가 안 그랬으면 좋겠어. 둘이 친한 친구였잖아."

나는 팔을 양옆으로 움직여 준기 손을 뿌리쳤다. 고작 몇 달 사귀어 놓고 시누이를 운운하는 준기가 정말 어이없게 느껴졌다.

"진짜 노답이네. 너 지금 뭐 이하윤이랑 벌써 결혼이라도 했냐?"

"미리 준비한다고 나쁠 건 없잖아. 둘 중엔 그래도 하트 모양이 낫겠지? 두고두고 마음이 전해지게."

"아주 쇼를 해라. 그냥 영화를 찍지 그러냐?"

"그게 진짜 그래. 하윤이랑 같이 있으면 내가 영화 주인공이라도 된 것 같은 기분이 든단 말이야. 정말 신기하지?"

더 이상 못 들어 주겠다 싶어 방문을 쾅 닫고 나왔다. 요즘 준기는 내 동생처럼 느껴지지 않았다. 하윤이한테 동생을 빼앗겨 버린 것 같다고 할까. 늘 없어졌으면 싶었던 준기가 정말 사라진 것처럼 느껴지자 가슴 한구석에 구멍이 난 것 같았다.

*

일찍 퇴근한 엄마가 부엌에서 부지런히 무언가를 만드는 소리가 들렸다. 나는 책가방도 벗지 않은 채 주방으로 향했다. 엄마가 웃는 얼굴로 나를 돌아봤다.

"지민, 왔어? 어떻게 준기보다 빨리 왔네?"

"무슨 일이야?"

내 물음에 엄마는 그저 웃을 뿐이었다. 일을 시작한 이후로 엄마가 이렇게 집에 일찍 온 적이 없었다. 놀란 입이 다물어지지 않았다.

"손 씻고 좀 쉬어."

엄마는 싱크대에서 야채를 씻고 다듬으면서 콧노래까지 부르기 시작했다. 무슨 노래인지는 알 수 없었지만 엄마의 기분이 매우 좋다는 건 분명히 알 수 있었다.

가짜 연애편지를 전달하는 프로젝트를 완수하고 나서 내내 엄마 아빠의 눈치를 살폈다. 여전히 아빠는 안방으로 들어가지 않았지만 둘이 싸우는 소리는 한동안 듣지 못한 것 같다. 그것만으로도 큰 성과라고 생각했다.

엄마의 콧노래와 도마에 울리는 칼질 소리가 경쾌한 리듬을 만들어 냈다. 나는 방문을 활짝 열고 침대에 누워 어떤 음악보다 아름답게 들리는 그 소리에 귀를 기울였다.

준기가 집에 들어오는 묵직한 소리가 들렸다. 준기 역시 엄마의 모습을 보면 깜짝 놀랄 것이다.

"어, 엄마 왜 울어?"

이윽고 들려오는 준기의 말에 나는 벌떡 일어나 주방으로 향했다. 엄마가 운다고? 좀 전까지만 해도 분명히 환하게 웃는 표정이었는데, 아니, 지금도 계속 콧노래를 부르고 있었는데? 준기 말대로 엄마의 커다란 눈동자에 눈물이 그렁그렁 맺혀 있었다. 눈시울은 발갛게 부어오른 것 같았다.

"양파 때문에 그래. 양파 안 썰어 봤지?"

엄마에게 가까이 다가가자 양파의 매운 향이 훅 느껴졌다. 앞에 놓인 바가지에는 잘게 다진 양파가 소복하게 쌓여 있었다. 엄마의 얼굴이 서서히 더 붉어졌다. 그러면서도 입가에는 계속해서 미소를 띠고 있었다.

"엄마 진짜 우는 거 아니지?"

"아니라니까. 양파가 매워서 그런 거야."

칼질을 이어 가던 엄마가 우리를 잠시 기다리라고 하더니 안방으로 들어갔다. 다시 나오는 엄마의 손에 하얀 봉투가 두 개 들려 있었다. 순간 화장대 서랍에서 발견했던 그 종이가 떠올라 가슴이 철렁 내려앉았다. 이제 정말 시행에 옮기는 걸까, 때가 온 걸까…….

"둘이 똑같이 넣었어."

엄마는 나와 준기에게 하나씩 봉투를 건넸다. 조마조마한 마음으로 봉투를 열어 봤다. 노란 지폐가 몇 장 들어 있었다. 안도감에 자그마한 한숨이 새어 나왔다. 준기는 지폐를 꺼내 세어 보며 기쁨을 감추지 못하는 모습이었다.

"필요한 거 알아서 살 수 있지? 그동안 엄마가 잘 못 챙겨 줘서 미안."

"아싸, 엄마 잘 쓸게! 고마워!"

준기의 싱글벙글한 표정에 엄마의 얼굴도 점점 밝아졌다. 아무런 표정 없이 서 있는 나를 보고 엄마가 말했다.

"지민, 운동화 새로 사야 될 것 같던데? 친구랑 가서 살 수 있지?"

"으응, 그럼. 내가 알아서 할게."

"누나는 고맙다는 말도 안 해?"

준기가 나를 힐끗 쳐다보고는 쏘아붙였다. 엄마가 힘들게 일해서 번 돈이 하윤이에게 쓰일 거라 생각하자 화가 났다. 하지만 엄마 앞에서 하윤이 얘기를 하며 신경 쓰이게 하고 싶지는 않았다. 준기를 향해 올라오는 짜증과 분노가 터지지 않게 꾹꾹 눌러 담았다. 나는 고맙다는 말 대신 엄마를 향해 살짝 미소를 보냈다.

"아빠한테는 용돈 받았다고 말 안 해도 돼."

"아빠한테는 용돈 없다고 하고 또 받을게."

준기의 철없는 말에도 엄마는 미소 띤 채로 준기의 엉덩이를 톡톡 두드렸다. 준기를 바라보는 엄마의 눈빛에 사랑이 듬뿍 묻어났다.

뒤늦게 퇴근한 아빠의 양손이 무거웠다. 나는 아빠 손에 들린 검은 봉지 두 개를 건네받아 식탁 위에 올렸다. 한 봉지에는 차가운 맥주 캔이 가득했다.

"무슨 술을 이렇게 많이 샀어?"

아빠는 껄껄 웃으며 대답했다.

"할인하더라고. 두 캔만 사려고 했는데 여섯 캔을 사면 훨씬 싸다는 거야."

"아휴, 술꾼."

요즘 아빠는 밤마다 혼자 술을 마시는 듯했다. 아빠가 출근하고 나면 빈 맥주 캔이 한두 개씩 거실에 뒹굴고 있었다. 이런 모습을 엄마가 좋게 볼 리 없었다. 그때 엄마가 방에서 나왔다. 엄마는 무표정한 얼굴로 아빠를 바라봤다.

"왜 자꾸 술을 마셔?"

낮게 깔린 엄마의 목소리에 담긴 감정을 파악하기 어려웠다. 혼을 내는 건지 원망을 하는 건지 걱정을 하는 건지 알 수 없었다.

"좋아서, 요즘 기분이 좋아서 그래. 한두 잔 정도는 괜찮아."

아빠의 대답 역시 어떻게 해석해야 할지 알 수 없었다. 정말 좋다는 건지 아니면 반어법을 사용한 건지. 엄마 아빠의 얼굴을 번갈아 바라보던 나는 다른 봉지를 열었다. 봉지 속에 든 걸 하나씩 꺼냈다. 초코우유, 딸기우유, 초코우유, 딸기우유, 딸기우유, 또 딸기우유가 연이어 나왔다. 지난번에 내가 샀던 그 우유였다.

"어? 딸기우유가 더 많다!"

기분이 좋아진 내가 큰 소리로 말했다. 엄마는 식탁 위에 늘어놓는 우유를 바라보다가 아빠 얼굴로 시선을 돌렸다. 아빠는 멋쩍은 표정으로 둘러댔다.

"그게 안주로 좋더라고."

그러고는 소파에 털썩 주저앉아 양말을 벗기 시작했다.

"살아나고 있어. 이제 살아나고 있어. 우리 여행사 다시 살아나고 있어."

아빠가 노래를 부르듯이 말했다. 전염병이 잠잠해지면서 다시 해외여행을 떠나는 사람들이 많아지고 있었다. 아빠 말대로 여행사가 살아난다면 우리 집안 형편은 다시 괜찮아질 것이고, 엄마가 일을 다니지 않아도 될 것이다. 그럼 이전처럼 엄마와 아빠의 사이가 좋아질 수 있을 것이다. 눈물 날 만큼 반가운 소식이었다.

"이제 밤에는 보일러 좀 켜야겠는데?"

아빠가 뒤에 서 있는 엄마를 돌아보며 말했다. 엄마는 무슨 말을 할 것처럼 잠시 입을 벌렸다가 다시 다물었다. 그러고는 보일러 조절기 쪽으로 향했다. 여전히 아무 말도 하지 않은 채로 보일러 전원 버튼을 눌렀다.

"여름도 다 지나갔구나. 애들 감기 걸리지 않게 해야지."

엄마의 뒷모습을 보며 아빠는 혼잣말을 하듯 말했다. 나는 지금의 이 공기가 그저 상쾌하고 시원하게만 느껴졌다.

＊

준기가 씩씩대며 거실에 있었다. 얼굴은 물론 목덜미까지 시뻘개져서는 휴대폰을 들고 앉았다 일어섰다 하며 어쩔 줄 몰라 하고 있었다. 점점 빨개지는 준기의 얼굴이 금방이라도 폭발할 것 같아 웃음이 나왔다.

"지금 웃었냐?"

시비조의 말투였다. 이건 한 판 하자는 게 분명했다. 힘들게 학교 갔다 온 사람한테 보자마자 시비라니, 준기의 인성은 정말 알 만하다. 나는 준기를 노려보고 정색하며 입을 열었다.

"야, 예의 차려라. 이게 어디서 말버릇하고는……."

준기는 발을 동동 구르면서 악을 지르기 시작했다.

"이게 진짜 미쳤나? 왜? 오늘 하윤이랑 뽀뽀라도 했냐?"

나를 바라보는 준기의 눈에 조금씩 눈물이 차올랐다. 울지 않으려고 애쓰는 준기의 모습이 짠해 보였다. 말을 너무 기분 나쁘게 했나 싶어 나도 모르게 몸을 움츠렸다.

"하윤이가 헤어지재. 이전처럼 내가 그냥 편한 친구 동생이었으면 좋겠대."

결국 준기가 차였다. 둘이 금방 헤어질 거란 생각은 늘 했었지만 막상 준기가 차였다는 말을 들으니 묘하게 자존심이 상했다. 무슨 말을 해야 할지 선뜻 떠오르지 않았다.

"누나, 나 어떡해. 하윤이 없으면 나 못 살 것 같은데."

준기가 고개를 푹 숙이고 두 손으로 얼굴을 가렸다. 손이 큰 편인데도 얼굴이 다 가려지지 않았다. 아쉬운 대로 두 눈만이라도 숨기고 있었다. 나는 준기의 어깨를 살며시 짚었다.

"동생아, 괜찮아. 너 잘 살 수 있어."

"사랑한다고 할 땐 언제고 이렇게 쉽게 변해? 그렇게 안 봤는데 진짜, 기분 나쁘게."

나는 아무 말 없이 준기의 어깨를 톡톡 두드렸다.

"생일 선물 뭐 받을지도 기대하고 있었는데, 완전 치사해."

"그런 건 생각하지 말고."

"누나 결혼식 때 하윤이 안 부르면 안 돼? 나 이제 하윤이 얼굴 볼 자신 없는데……."

"너 지금 내 결혼식을 걱정하는 거냐?"

미래지향적인 준기의 모습이 새삼 놀라웠다. 준기가 이처럼 진취적인 성격을 가지고 있는지 그동안 미처 몰랐다. 준기의 생각에 따라 나는 하윤이의 시누이도 됐다가 순식간에 결혼식까지 상상해야 했다.

"누나, 혹시라도 하윤이, 집에 데려오면 안 된다, 절대, 절대."

"안 데려올게. 결혼식에도 하윤이 안 부를게. 됐지?"

준기는 고개를 들어 뜨거운 눈빛으로 나를 바라봤다. 나도 오랜만에 준기의 얼굴을 가까이서 바라봤다. 인중에는 거뭇거뭇한 수염이 보일 듯 말 듯한데 양쪽 뺨에는 아직도 하얀 솜털이 듬성듬성 남아 있었다. 새삼 준기가 많이 컸다는 생각이 들어 흐뭇한 미소가 지어졌다. 나는 준기의 충혈된 눈을 바라보며 다시 입을 열었다.

"그동안 내가 말을 안 했는데, 하윤이 걔, 별로야. 얼마나 자기 멋대론지 모르지? 자기 오빠한테도 막 야, 야 그러고, 엄마 아빠한테도 걸핏하면 소리 빽빽 지른다. 나니까 참고 친하게 지내는 거지. 걔 친구도 별로 없잖아. 내 동생이 그런 애랑 사귄다고 해서 누나가 매일 잠을 설쳤는데 이제야 두 발 뻗고 자겠다. 진짜 다행이다, 동생아. 정말 다행이야."

준기는 멍하니 내 얘기에 집중하고 있었다. 그러고는 눈물을 쓱 닦더니 나를 향해 씨익 웃어 보였다.

💬 나 준기랑 깨졌어.

💬 준기도 쿨하게 그러자고 하던데.

💬 그래도 너한테는 말해야 할 것 같아서…

💬 연애는 끝났지만 우리 우정은 그대로인 거니까. ^^

　샤워를 하면서 준기와 하윤이를 생각하니 자꾸만 웃음이 나왔다. 준기와 하윤이가 사귄다는 말을 처음 들었을 때 잠을 설칠 만큼 기분이 안 좋았던 게 사실이다. 걱정이 된다기보다는 기분이 나빴다. 그냥 싫었다. 친구를, 그리고 동생을 빼앗긴 것 같았다.

　어리고 유치하지만 준기는 세상에서 하나뿐인 내 동생이었다. 엄마 아빠의 관계에 있어 나와 같은 마음을 가진 사람은 이 세상에 준기 단 한 명이었다. 그런 준기가 하윤이에게만 온통 신경을 쏟고 있는 모습은 나를 더 외롭게 만들었다. 준기가 행복해하는 모습을 보면 왠지 모르게 가슴이 시린 느낌이 들었다.

　휴대폰을 확인하지 못하는 동안 하윤이에게서 연달아 메시지가 와 있었다. 몇 분 간격으로 도착한 짤막한 메시지에서 어딘가 불안해하는 하윤이의 마음이 느껴졌다. 동생을 되찾았으니 이제 친구를 되찾을 차례였다. 바람막이 점퍼를 꺼내 입고 집 앞 벤치로 향했다.

💬 고생했다. 내 동생이랑 사귀느라. 근데 왜 찼어?

💬 너니까 솔직히 말할게. 만나다 보니까 한 살 차이 참 크더라. 아직
　　나도 어린데 준기는 정말 어린애야. ㅋㅋㅋㅋ

💬 송준기 그렇다니까. 내가 말했잖아.

💬 대박인 게 뭔지 알아?

그러고는 하윤이에게서 사진이 한 장 올라왔다. 하트 모양 유리병 안에는 색색의 종이학이 가득 담겨 있었다. 나도 모르게 혀가 날름거렸다. 자꾸만 입술이 말랐다.

💬 나 생일 선물 받은 거야. 이런 거 준비하고 있는지 너도 몰랐지?
   종이학 천 마리래.

💬 게다가 종이 뒤에는 다 편지를 썼대. 니 동생 대박이야!!!

손이 떨려 차마 채팅 창을 열어보지 못하고 있는 사이에 하윤이에게서 연달아 메시지가 도착했다. 침을 꼴깍 삼키고는 하윤이가 보낸 메시지를 찬찬히 읽어 봤다. 가렵지도 않은 머리를 긁적이며 하윤이에게 보낼 메시지를 썼다 지웠다 했다.

💬 걔가 그렇다니까. ㅋㅋㅋ 진작 알았으면 내가 손을 썼을 텐데 미안
   ~ 나 이제 씻어야겠다. 담에 또 얘기해. ^^

휴대폰 화면을 닫고 멍하니 허공을 바라봤다. 자꾸만 떠오르는

죄책감을 향해 고개를 가로저었다. 절대 내 탓이 아니라고 몇 번이나 스스로를 변호했다. 어쩌면 오늘 밤에야말로 정말 잠을 설칠지도 모르겠다.

그때 뒤에서 공을 튀기는 소리가 들렸다. 발목까지 내려오는 헐렁한 반바지를 입은 쭈나가 공을 튀기며 계단을 내려오고 있었다. 쭈나의 어색한 옷차림과 엉거주춤한 자세에 웃음이 나왔다. 나를 본 쭈나가 품에 공을 안고 벤치로 달려왔다.

"누나, 잘 지냈어?"

"어, 쭈나. 그때 사탕 고마웠어."

"그거 먹고 나니까 기분이 괜찮아졌지?"

"응. 정말 그렇더라."

"그럼 누나 다음에 나 아이스크림 사 줘. 알겠지?"

이래서 요즘 어린애들이 무섭다고 하나 보다. 고개를 살며시 끄덕이며 어쩔 수 없이 대답은 했는데 나도 모르게 한쪽 입꼬리가 점점 올라갔다. 쭈나는 의자에 앉은 채로 손을 번갈아 가며 공을 튀겼다. 그렇게 한참을 집중하고 있더니 골목 모퉁이로 시선을 돌렸다.

"어? 아, 앗!"

쭈나는 자리에서 일어나 의자 뒤쪽으로 몸을 숨기며 어쩔 줄 몰라 했다. 덩달아 자리에서 일어난 나도 쭈나를 따라 의자 뒤쪽으로 몸을 옮겼다.

"누나, 나 좀 숨겨 줘."

"왜 그래?"

쭈나의 시선을 따라가니 어둠 속에 어떤 남자의 실루엣이 보였다. 키가 훤칠하게 크고 호리호리한 남자가 우리 쪽으로 한 걸음씩 다가오고 있었다.

"누군데?"

의자 아래로 쭈나처럼 몸을 숙였다. 은은한 달빛에 가로등 불빛이 더해지며 남자의 얼굴이 조금씩 드러났다. 눈매가 길고 또렷했다. 코는 만화 주인공처럼 오뚝했고 어둠 속에서도 빛날 만큼 입술이 붉었다. 한쪽 어깨에는 책가방을 늘어뜨리고 있었다. 그런데 저 옷은 어딘가 익숙하다. 우리 학교 교복! 헉! 깜짝 놀란 나는 입을 쩍 벌렸다.

"쭈나아, 형 다 봤거든?"

남자는 의자 쪽으로 다가오더니 무릎을 굽히고 앉아 쭈나를 찾았다. 쭈나는 고개를 푹 숙인 채로 쿡쿡대며 웃음을 터뜨렸다. 나는 어색한 미소를 지으며 쭈나와 남자의 얼굴을 번갈아 바라봤다.

이렇게 가까이서 건하 선배를 본 건 처음이었다. 만화를 찢고 나온 것 같은 외모였다. 가까이서 보니 더 잘생긴 것 같아 숨이 턱

막혔다. 시선이 마주치자 건하 선배가 눈을 찡긋했다.

"너가 지민이구나? 쭈나한테 얘기 많이 들었어."

"아, 안녕하세요."

"2학년이지?"

"어, 어떻게 아셨어요?"

"학교 갈 때 몇 번 봤는데?"

다시 여름이 된 것처럼 공기가 점점 뜨거워졌다. 나는 어떤 말도 더 할 수 없었다. 건하 선배는 쭈나의 손을 꼭 잡고 일으켜 세웠다. 쭈나는 아직도 눈을 가리고 킥킥대고 있었다.

"쭈나가 집에서 공을 튀기고 놀았던 모양이야. 얼마 전에 아빠한테 엄청 혼나서 이제 좀 조용할 거야. 그동안 많이 힘들었지? 근데 쭈나가 아랫집 예쁜 누나 칭찬 많이 하더라. 잘해 줘서 고마워."

건하 선배는 내 눈을 빤히 쳐다보며 치아가 보일 정도로 싱긋 웃었다. 오직 나만을 위한 웃음이었다. 하얀 치아가 반짝 빛나며 달콤한 초코향이 전해지는 것 같았다.

집에 들어오자마자 침대에 쓰러지듯 누웠다. 옆으로 몸을 돌렸다가 똑바로 다시 누웠다. 그리고 천장에 시선을 고정했다. 지금 나와 같은 위치에 건하 선배가 누워 있을 것만 같았다. 점점 뜨거워지는 얼굴을 손등으로 식혔다. 왠지 자꾸만 웃음이 나왔다.

9

누구나 비밀은 있다

서연이와 함께 복도에서 초아를 기다리는 중이었다. 혹시라도 초아가 울기라도 할까 봐 조마조마한 마음이었다. 어떻게 위로해 주면 좋을지 대화를 주고받았지만 이렇다 할 방법은 떠오르지 않았다. 혼날 만할 상황이긴 했지만 초아가 의도한 건 아니었을 텐데.

그때 교무실 문이 열리고 초아가 나왔다.

"괜찮아? 많이 안 혼났어?"

서연이가 초아의 등을 토닥이며 표정을 살폈다. 너무나도 차분하고 담담한 얼굴을 마주한 뒤에는 셋 다 피식 웃음이 터져 버렸다.

매일 엎드려 있긴 했지만 귀는 열고 있었던 초아가 얼마 전부터는 아예 숙면을 취하기 시작했다. 점심시간에도 일어나지 못하는 경우가 많았다. 오늘 수학 시간에는 코까지 골아 버렸다. 드르렁드르렁 컹, 초아의 코 고는 소리는 크고도 요란했다. 덕분에 겨우 졸음을 참고 있던 반 아이들의 잠이 싹 달아났다.

"쌤이 뭐래? 아까는 진짜 화난 것 같았는데."

내 질문에 초아는 주위에 다른 애들이 없는지 두리번거렸다. 그리고 아무도 없는 교실 반대편으로 걸음을 옮기며 조심스럽게 입을 열었다.

"쌤이 너무 화난 것 같아서 그냥 솔직히 말해 버렸어. 괜히 불쌍하게 볼까 봐 말하기 싫었는데……."

"불쌍하게 볼까 봐? 왜?"

서연이가 초아의 얼굴을 빤히 바라보며 물었다. 초아는 계속해서 주위를 두리번거리더니 머리를 긁적거렸다.

"요즘 우리 집이 좀 힘들어. 얼마 전에 아빠가 일하다 다쳤거든."

생각지도 못한 초아의 대답에 놀란 나는 한 손을 들어 가볍게 벌어진 입을 가렸다. 서연이 역시 많이 놀란 눈치였다. 초아는 다시 주위를 살피더니 이어서 말했다.

"알잖아. 엄마는 지금 일을 나갈 상황이 아닌 거. 그래서 집에서 부업하는 양을 엄청 늘렸어. 밤새워서 해야 될 때도 있고. 동생들도 하는데 내가 안 할 수는 없잖아. 그렇다 보니 요즘 좀 피곤했나 봐."

서연이가 초아의 오른손을 덥석 잡았다. 덩달아 나도 초아의 왼손을 잡았다. 밤새워 했다는 일 때문일까, 굳은살이 생긴 초아의 손이 거칠게만 느껴졌다. 초아가 싱긋이 웃으면서 우리가 잡은 손을 흔들었다.

"이러지 말라니까. 별것도 아닌데. 괜히 이상하게 볼까 봐 너네한테도 말 안 했어."

나는 아무 말 없이 초아를 잡은 손에 더 힘을 주었다. 무슨 말을 해야 할지 선뜻 떠오르지 않았다. 서연이 역시 초아 얼굴을 그저 빤히 바라보고 있을 뿐이었다.

"아, 암튼, 어쨌든, 쌤이 그래도 수업 시간에는 일어나 있으래. 자신 없는데 어떡하지?"

"우리가 계속 깨워 줄까?"

서연이의 물음에 초아는 살짝 눈을 감았다 뜨면서 힘들다는 표정을 지었다.

"세상에서 제일 무거운 게 눈꺼풀인데."

"그럼 우리가 눈꺼풀 하나씩 들어 올려 줄까?"

서연이의 말에 초아의 웃음보가 터졌다. 나는 장난스럽게 초아의 손을 꾹꾹 눌렀다. 기특한 손을 응원하는 마음으로.

"진짜 대박이다. 네가 맨날 말하던 층간 소음의 주인공이 건하 오빠네였단 말이지?"

"동생이랑 나이 차가 많이 나더라고. 걔가 그렇게 시끄러운 거야."

"동생도 그렇게 잘생겼어?"

"난 쭈나가 준기 닮았다고 생각했는데……."

서연이는 컥 소리를 내며 웃었다. 준기의 어릴 때 모습을 쏙 빼닮은 쭈나를 떠올리니 나도 절로 미소가 지어졌다. 준기도 예전에는 그렇게 귀여웠는데.

"건하 오빠는 어릴 때부터 그렇게 잘생겼던 걸까?"

서연이의 질문이 채 끝나기도 전에 아스팔트 길 한가득하게 건하 선배의 얼굴이 떠올랐다. 깜짝 놀란 나는 고개를 들어 허공을 바라봤다. 하지만 건하 선배 얼굴은 거기에도 있었다. 지난밤처럼 나를 보고 환하게 웃고 있었다.

"왜 그래?"

"아, 아니. 근데 쭈나도 귀여워."

서연이는 내 얼굴을 보고 그저 싱긋이 웃었다. 나는 자꾸만 떠오르는 건하 선배의 얼굴에서 벗어나기 위해 천천히 숨을 고르고 서연이를 바라봤다.

학교가 끝나자마자 서연이네 집으로 향하는 길이었다. 다음 주 엄마 아빠의 결혼기념일은 다행 프로젝트를 제대로 해 볼 수 있는 기회였다. 가짜 연애편지를 전하고 나서는 엄마 아빠가 큰 소리로 싸우는 일이 눈에 띄게 줄었지만 여전히 사이가 좋아 보이지는 않았다. 이번 결혼기념일을 절대 그냥 넘어가서는 안 되겠다는 생각이 들었다.

준기 돈으로 레터링 케이크를 주문 제작할 것이다. 쉬는 시간마다 서연이, 초아와 머리를 맞대고 케이크 시안을 구상 중이다. 아무쪼록 '행복'이라는 단어는 반드시 넣을 계획이다. 계속 행복, 행복을 중얼거리니까 정말 행복이 눈앞에 성큼 다가오는 느낌이 들었다.

내 돈으로는 엄마 아빠의 커플 티셔츠를 구입할 생각이다. 연애 시절에 둘이 입었던 것과 비슷한 스타일로 몇 개를 추려 놓았으니 이제 색깔만 고르면 된다. 분홍색이나 하늘색을 골라 깊은 인상을 남길 것인가, 아니면 회색이나 검정으로 실용성을 강조할 것인지만 선택하면 된다. 가운데 그려진 곰돌이를 포기할 생각은 없었다.

거실 벽면을 색색의 풍선으로 꾸미고 가운데 'I LOVE YOU'라는 글자를 금색으로 붙일 것이다. 화려하게 빛나는 집 안 풍경과 그 안에서 웃고 있을 엄마 아빠의 모습을 상상하니 절로 미소가 지어졌다.

풍선은 서연이가 협찬해 주기로 했다. 초등학교 때 생일 파티를 한다고 잔뜩 사 놓은 풍선이 아직 집에 그대로 있다는 말에 바로 받으러 가기로 했다. 정말이지 다행 프로젝트가 성공적으로 끝나면 서연이와 초아를 평생 친구로 임명하고 언제까지나 충성을 다하겠다고 몇 번이나 굳게 다짐했다.

서연이네 집은 호수 공원 앞에 있는 고층 아파트였다. 우리 집과는 다르게 1층 공동현관에서부터 비밀번호를 입력해야 했다. 학교 엘리베이터보다 두 배는 더 커 보이는 엘리베이터는 내부가 은빛으로 반짝였다. 서연이는 18층에 살았다.

영양가 없는 대화를 주고받는 사이 엘리베이터는 18층에 도착했다. 육중한 문이 열리자 대리석이 깔린 널찍한 복도가 나왔다. 미끄러지지 않게 조심하며 천천히 한 발씩 내디뎠다. 같은 동네에 이런 집이 있다는 게 신기할 따름이었다.

현관에 들어선 서연이는 고개를 갸우뚱하며 난감하다는 표정으로 나를 돌아봤다. 커다란 현관에는 남자 구두 하나와 여자 구두 하나가 가지런히 놓여 있었다.

"아, 아빠."

서연이와 눈매가 닮은 아저씨가 우리 쪽으로 다가왔다. 왠지 분위기가 이상해서 나는 간단히 목례만 하고는 서연이 옆에 바짝 붙어 섰다. 서연이의 아빠는 집에서도 양복을 입고 있었다.

서연이 바로 앞까지 다가온 아저씨는 손을 올렸다 내렸다 양손을 쥐었다 폈다 하며 어쩔 줄 몰라 했다. 아저씨 뒤로 서연이 엄마가 따라 나왔는데 역시 표정이 좋지 않았다. 내가 상상했던 서연이 집의 분위기는 이런 게 아니었는데. 이럴 줄 알았으면 풍선은 내일 학교에서 받을 걸 그랬나 보다.

서연이는 내 손을 잡고 자기 방으로 휙 들어왔다. 내 방을 세 개는 붙여 놓은 듯한 크기의 방에는 화장실도 있었다. 입을 헤벌리고 방을 둘러보는 동안 서연이는 옷장 아래 서랍에서 풍선을 꺼내기 시작했다. 각양각색의 풍선이 가득했다. 나는 고맙다는 말을 반복하며 서연이가 꺼내 주는 풍선을 몽땅 가방 속에 넣었다.

거실에서는 아무 소리도 들리지 않았다. 넓은 집을 울리고 있는 건 정적뿐이었다. 고개를 숙이고 풍선을 찾는 서연이가 코를 훌쩍이는 소리가 유독 크게 들렸다. 천천히 고개를 드는 서연이의 눈시울이 붉어져 있었다.

서연이는 나를 데려다 주겠다며 외투를 꺼내 입고 나왔다. 나는 서연이 엄마와 아빠를 향해 최대한 공손하게 허리를 굽혀 인사했다. 두 분 다 나를 별로 반가워하는 눈치가 아니어서 마음이 불편했다.

엘리베이터를 타고 내려가는 길이었다. 서연이가 두 손을 외투 주머니에 푹 찌르더니 다시 콧물을 들이마시고는 무겁게 입을 열었다.

"아빠 2년 만에 봤어."

무슨 뜻인지 알 수 없었다. 수시로 그렇게 비싼 선물을 주는 아빠를 2년 만에 봤다는 게 이해가 되지 않았다. 아무 말 없이 서연이 얼굴을 바라봤다.

"이혼한 지 2년 됐거든. 그래도 원래 한 달에 한 번씩은 만나게 되어 있었는데 아빠가 계속 약속을 안 지켰어. 미안하니까 돈으로 때우려고 선물만 보내는 거야."

서연이는 당황해서 눈알만 굴리고 있는 내 모습을 보고는 피식 웃었다.

"그동안 말 안 해서 미안. 속이려고 한 건 아니었는데, 부모님 이혼했다는 말을 하는 게, 입이 참 안 떨어지더라."

나는 축 늘어져 있는 서연이의 손을 조용히 잡았다. 왜 말을 하지 않았냐고 나무랄 생각은 조금도 없었다. 우리는 아파트를 나와 호수 공원을 향해 걸었다.

"엄마 아빠 이혼한 게 흉은 아니지만 또 자랑도 아니야. 부모님 이혼했어도 충분히 행복할 수 있어. 하지만, 솔직히 나는 부끄러울 때가 많았어. 어쨌든 넌 다행 프로젝트 꼭 성공해. 진심으로 응원할게."

"고마워."

코끝이 시큰거려 더 말을 이어 가기 어려웠다. 그동안 서연이혼자 얼마나 힘들었을지 그 마음이 온전히 느껴졌다.

"난 너가 좀 부럽다? 동생 있는 것도 그렇고, 큰 소리 내고 싸워도 한집에 엄마 아빠가 같이 있으니까."

늘 내가 부러워했던 서연이 입에서 나온 말이라고는 믿기지 않을 만큼 한 마디 한 마디가 가슴을 찔렀다. 쏟아질 것 같은 눈물을삼키고 겨우 입을 열었다.

"뭐야. 각자 누구보다 불행하다고 생각하는 우리가, 서로를 부러워하고 있었던 거잖아? 이렇게 얘기하니까 너무 비극적이잖아."

서연이와 나는 가던 길을 멈추고 서로를 부둥켜안았다. 서연이의 어깨가 격하게 들썩였다. 호수에서 불어오는 가을바람이 교복속을 비집고 차갑게 들어왔다. 더 이상 참을 수 없었다. 내 눈에서도 하염없이 눈물이 흘렀다. 나는 서연이의 등을 부드럽게 쓸어내렸다. 이 아픔도, 슬픔도 조금씩 흘러내리기를 바라며.

10

나는 가출하기로 했다

"누나, 나 이상하게 그려졌어."

"지금 그런 거 신경 쓸 게 아니라니까?"

집을 청소하고 꾸미면서도 내내 준기 입이 툭 뛰어나와 있었다. 이유를 모르는 건 아니었다. 오늘은 엄마 아빠의 결혼기념일이지만 준기의 생일이기도 했다.

여태까지 단 한 번도 엄마 아빠의 결혼을 기념해 본 적은 없었다. 어쩌다 결혼기념일 이야기를 하면 아빠는 아무 대답이 없었고, 엄마는 기념을 할 만해야 그런 것도 챙기는 거라며 얼렁뚱땅 넘어가기 일쑤였다. 덕분에 준기는 매년 자기 나름대로의 생일 파티를 즐길 수 있었다.

공기주입기로 풍선을 부풀리는 준기의 손짓에 짜증이 잔뜩 묻어 있었다. 한숨이 절로 나왔다. 몇 번의 생일을 더 맞이해야 준기가 성숙해질까. 보지도 않고 계속 펌프질을 하더니 벌써 풍선을 세 개째 터뜨렸다.

"야! 너 진짜 죽을래? 제대로 안 해?"

"아, 제대로 하고 있는 거야."

"오늘 잘해야 앞으로 매년 니 생일을 가족끼리 함께할 수 있다니까?"

"알아. 나도 알아. 근데 매년 가족이랑 같이 생일 안 할 거야."

"니가 하든 말든! 그럼 너는 이대로 엄마 아빠 이혼했으면 좋겠어?"

프로젝트가 진행되면서 커지는 건 목소리밖에 없었다. 준기를 향해 소리를 빽 지르고는 내 목소리 크기에 놀라 혀를 날름 내밀었다. 제발 동생아, 더 이상 내 목소리를 키우지는 말아 다오.

"제대로 할 거야. 이혼은 절대 안 돼."

움츠러든 준기의 어깨를 보자 또 마음 한구석이 짠해졌다. 목소리를 낮게 깔고 말을 돌렸다.

"레터링 문구 괜찮은 것 같지?"

서연이, 초아의 조언을 받아 몇 날 며칠을 고민하고 주문한 케이크였다. 가운데에는 엄마 아빠, 그리고 나와 준기의 모습을 그렸다. 아래는 '함께라서 행복해요. 앞으로 행복, 더 행복'이라는 문구를 넣었다. 엄마와 아빠 사이에는 새빨간 하트를 선명하게 강조했다.

"근데 나는 행복이 뭔지 모르겠네."

준기의 말에 웃음이 터져 나왔다. 그럴듯한 문장이었지만 지금 이런 상황에서 변성기 목소리로, 저 덩치에 뺨에는 하얀 솜털을 가지고 있는 준기가 할 말처럼 느껴지지는 않았다.

'I LOVE YOU' 풍선을 거실 벽에 잘 어울리도록 배치했다. 색색으로 반짝이는 풍선을 집 안 가득 붙였더니 우리 집이 다른 장소가 된 것 같았다.

집을 다 꾸며 놓고 엄마가 퇴근하기 직전에 우리는 나갈 계획이다. 일찍 들어오겠다는 아빠의 대답도 확실히 받았다. 엄마 아빠 둘이서 결혼기념일을 맞이하여 오붓한 시간을 보낼 수 있을 것이다. 준기와 나는 동네 패스트푸드점에서 늦게까지 시간을 때우기 위해 휴대폰 배터리를 빵빵하게 충전했다.

커플 티셔츠가 들어 있는 쇼핑백을 식탁 위에 올리고 케이크를 상자 위에 가지런히 놓았다. 우리 가족의 그림 아래 귀엽게 적힌 문구를 작게 소리 내어 읽었다. 함께라서 행복해요. 앞으로 행복, 더 행복……. 케이크를 보고 있자니 왠지 가슴이 뭉클했다.

준기 말대로 나도 행복이 뭔지 잘 모르겠다. 하지만 분명한 건 지금과 같은 상황은 전혀 행복하지 않다는 것이었다. 당장이라도 엄마가 이혼 서류를 꺼내 올까 봐, 아빠가 집에 들어오지 않을까 봐 매일이 조마조마했다. 불안해서 잠이 안 오는 날도 많았다. 행복하다면 적어도 이런 감정이 느껴지지는 않을 것이다.

파티장이 된 집의 풍경을 카메라에 남기고 준기와 집을 나섰다. 퇴근하는 엄마와 마주치지 않게 길을 돌아서 갈 계획이다. 그리고 패스트푸드점에서는 준기와 다른 테이블에 앉아 서로 모른 척하기로 약속했다.

유튜브도 보고 인스타도 하고 서연이와 끊임없이 카톡을 주고받았지만 마음은 집을 떠날 수 없었다. 지금 엄마 아빠는 무슨 얘기를 하고 있을까. 우리가 준비한 선물을 보고 어떤 생각이 들었을까. 오늘만큼 스스로가 기특하게 느껴진 적이 없었던 것 같다.

건너편에 앉은 준기는 게임 삼매경이었다. 옆에 다른 사람들이 앉아 있는 것도 아랑곳하지 않고 수시로 감탄사를 내뱉었다. 준기를 볼 때면 나도 모르게 고개를 가로저으며 혀를 차게 됐다. 다른 테이블에 앉은 게 다행이었다.

열 시가 넘어 자리에서 일어났다. 집 쪽으로 한 걸음씩 내디딜 때마다 심장이 쿵쾅쿵쾅 세차게 뛰었다. 집에 들어가서도 이렇게 심장이 크게 뛰면 어떡하지. 분위기 있는 음악을 틀어 놓고 나올 걸 싶은 생각이 들었다.

현관문을 열고 들어서는 우리를 맞이한 건 고요함이었다. 엄마 아빠는 식탁 조명만 켜 놓고 조용히 마주 앉아 있었다. 둘이 마주 보고 오랜만에 오붓한 시간을 보낸 걸까. 나는 어색한 미소를 지으며 준기를 앞세웠다. 커다란 몸집 뒤에 서니 제법 안정감이 느껴졌다.

"지민이, 준기 이리 와서 좀 앉아 봐라."

아빠가 낮은 목소리로 우리를 불렀다. 나는 준기 뒤를 종종걸음으로 따라갔다. 준기는 아빠 옆에, 나는 엄마 옆에 앉았다. 차분한 표정의 아빠는 내 얼굴을 물끄러미 바라봤다.

"엄마 아빠가 너네한테 할 얘기가 있어."

식탁 위에 케이크는 그대로였다. 크림이 녹아 글씨를 알아보기 어려워진 상태였다. 누군가 시커멓게 휘갈긴 낙서처럼 보이기도 했다. 커플 티셔츠도 쇼핑백에 그대로 들어 있었다. 분위기가 심상치 않았다. 준기가 내게 엄마를 보라고 눈짓으로 신호를 보냈다. 엄마는 아무 말 없이 고개를 푹 숙이고 있었다. 아빠가 천천히 입을 열었다.

"너네한테는 정말 미안하지만……."

나는 아빠를 향해 고개를 절레절레 가로저었다. 아빠가 더 이상 말을 하지 않았으면 좋겠다.

"아빠가 베이징 지사를 맡게 됐어. 우리 가족이 같이 중국으로 가는 건 어려울 것 같고, 어쩔 수 없이 당분간 떨어져 지내야겠다."

"갑자기?"

내 질문에 아빠는 가만히 고개를 끄덕였다.

"갑자기 그러는 게 어디 있어? 얼마나 가는데?"

"일단 3년. 더 연장될 수도 있고."

준기가 으앙 소리를 내며 울음을 터뜨렸다. 조용히 있던 엄마에게서도 훌쩍이는 소리가 나기 시작했다. 아빠는 입술을 꽉 다물었다가 다시 천천히 입을 뗐다.

"방학 때 지민이랑 준기랑 아빠 있는 데로 놀러 와. 영영 헤어지는 거 아니니까 괜찮아."

생각지도 못했던 시나리오였다. 엄마 아빠가 이혼하겠다고 하면 악을 쓰며 몸부림칠 각오까지는 했는데, 이 경우는 조금 달랐다. 준기가 눈물을 닦더니 아빠를 향해 물었다.

"엄마는?"

"엄마는 한국에 있을 거야……."

"아니, 엄마는 누나랑 나랑 같이 중국에 안 가냐고."

아빠는 난감한 표정을 짓더니 다시 조심스럽게 입을 열었다.

"둘이 이미 알고 있겠지만 엄마랑 아빠는 사이가 좋지 않아서, 시간을 좀 가져 보려고 해."

결국 이렇게 됐구나. 해외 지사에 간다는 건 핑계로밖에 들리지 않았다. 이유가 어쨌든 둘이 이제 헤어져야겠다는 말인 것 같았다.

"너희가 엄마 아빠 사이좋게 만들려고 얼마나 노력했는지 알아. 둘이 그런 편지까지 준비한 걸 보고 정말 생각이 많았어. 너네한테 정말 미안하다."

준기는 아빠 말이 한마디씩 끝날 때마다 더 크게 울어 댔다. 나는 테이블 아래 있는 주먹을 불끈 쥐었다.

"우리가 그렇게 노력하는 걸 알면서도 왜 못하는데?"

이를 악물고 눈물이 터져 나오려는 걸 막았다. 몸이 벌벌 떨렸다. 엄마 아빠는 모를 거다. 내가 얼마나 마음 졸이며 지내고 있는지. 열다섯 살의 최대 고민이 엄마 아빠라면 이건 나한테 정말 미안하게 생각해야 되는 거 아닌가. 아빠가 빨개진 눈으로 나를 바라봤다.

"너네도 다 알겠지만 엄마 아빠는 이제 서로를 사랑……하지 않아. 서로에게 너무 큰 상처를 줬고……."

사랑의 힘이 위대하긴 한가 보다. 아빠는 결국 '사랑'이라는 단어를 꺼내며 참고 있던 눈물을 터뜨렸다. 울먹이면서 겨우 말을 이었다. 준기는 계속 울면서도 내게 시선을 떼지 않았다. 아니, 너도 좀 울지만 말고 무슨 말이라도 해 보라고. 나는 아빠를 향해 눈을 부라리고 엄마 어깨를 흔들었다.

"더 노력해. 노력하면 안 되는 게 없다며. 평범한 집에서 살고 싶다는 게 그렇게 큰 욕심이야?"

"미안해."

고개를 푹 숙인 채 엄마가 드디어 말문을 열었다.

"많이 생각했어. 상담도 받았고. 그런데 같이 있으면 자꾸 더 안 좋아지기만 하니까 떨어져 있는 시간을 가져 보려는 거야."

아빠는 나와 준기를 번갈아 쳐다보더니 허공을 향해 슬쩍 고개를 돌렸다. 알록달록한 풍선과 'I LOVE YOU'라는 문구가 지금 상황에 정말 어울리지 않는다는 생각이 들었다. 아빠가 나를 힐끗 쳐다보더니 말했다.

"해외에서 근무하는 거 아빠 오랜 꿈이었던 거 알잖아. 아빠 응원해 줄 거지?"

"응원 안 해."

"몰라."

"짜증 나."

"나한테 너무 많은 걸 바라지 마."

"나 이제 고작 열다섯 살이야."

"기분 나빠."

"나는 결혼 안 해."

"연애도 안 해. 이렇게 변해 버릴 건데 다 무슨 소용이야."

"나 이름도 바꿀 거니까 그렇게 알아."

생각나는 대로 한마디씩 툭툭 내뱉었다. 입을 열었다 닫았다 할 때마다 눈물도 나왔다 들어갔다를 반복했다. 맥락에 안 맞는 말들이 순서 없이 튀어나왔지만 이마저도 담아 두고 있으면 정말 병이 날 것 같았다. 엄마는 다시 고개를 푹 숙인 채 아무 말이 없었다. 아빠는 그저 안타깝다는 표정으로 나를 바라보고 있었다. 준기는 벌겋게 퉁퉁 부은 얼굴로 나를 쳐다보며 입술을 실룩거릴 뿐이었다. 그래도 지금 이 순간 내 마음을 알고 있는 사람은 오직 송준기밖에 없을 것이다.

*

아빠의 코 고는 소리가 집 안에 울려 퍼졌다. 나는 아무리 노력해도 잠이 안 오는데 이런 상황에서도 잠이 잘 오나. 엄마 아빠의 이혼이 정작 본인들한테는 별문제가 아닌 걸까.

코 고는 소리에 맞춰 이런저런 생각을 하다 보니 점점 화가 났다. 처음엔 슬펐다. 안타까웠다. 엄마 아빠도 불쌍하고 나와 준기에 대한 걱정도 컸다. 그런데 이 상황에서 제일 노력하고 힘들어하는 건 다름 아닌 나인 것 같았다. 이건 너무나도 불공평하고 억울하다.

드르렁드르렁 코 고는 소리가 안 들리게 손바닥으로 귀를 막았다. 그런데도 손가락 틈새로 흘러 들어오는 소리가 원망스러웠다. 프로젝트니 행복이니 떠들어 댔던 나 자신이 부끄러웠다. 하지만 이대로 아빠가 중국에 가고 우리 가족이 흩어지는 것을 받아들일 수는 없다.

이렇게 힘들어하는 내 마음을 엄마 아빠가 정말 알긴 할까. 어디선가 자식 이기는 부모 없다는 말을 들어 본 적이 있는데, 우리 집에는 해당되지 않는 말인 것 같다. 이 말을 어디서 들었던 걸까 생각을 집중했다.

하윤이! 과고 입시 때문에 부모님과 갈등이 심해졌을 때 가출을 했었다는 말이 기억났다. 가출? 한 번도 생각해 보지 못한 일이었다. 비행 청소년들이나 하는 짓이라고 생각했다. 휴대폰 화면을 켜서 오늘 날씨를 확인했다. 밖에 날씨가 춥다. 휴우, 한숨이 새어 나왔다.

기분 탓인지 아빠가 코 고는 소리가 점점 더 커지는 것 같았다. 준기가 코 고는 소리까지 세트로 전해지는 것도 같았다. 엄마도 밖에 한 번도 안 나오는 걸 보면 세상모르고 잠들어 있는 것이 분명하다. 다들 편하게 잘 자는구나. 밤새 한숨도 못 자고 뒤척이는 건 오직 나뿐인가 보다. 그렇다면 나는.

무작정 집을 나섰다. 어디로 가야 할지, 앞으로 어떻게 해야 할지 아무런 계획도 없었다. 아직 해도 뜨지 않은 시각, 어둑하고 썰렁하기만 한 동네가 생전 처음 와 보는 장소 같았다.

일단 이 동네를 벗어나야겠다고 생각했다. 나오자마자 잡혀 들어간다면 아무런 성과가 없을 것이다. 나는 이번 가출로 엄마 아빠의 생각을 돌려 볼 작정이다. 엄마 아빠가 그동안의 모습을 반성하고 다시 잘 살아 보겠다고 마음을 바꾸길 바란다. 그리고 내가 힘들었던 것보다 더 아프기를 바란다.

주머니 속 핫팩에 손을 녹이며 걷고 또 걸었다. 동네에서 멀어질수록 주위가 서서히 밝아졌다. 조용했던 세상이 조금씩 소리를 내며 잠에서 깨고 있었다. 휴대폰 화면을 켜 보니 아무런 연락이 오지 않았다. 아직 아무도 모르고 있을 것이다. 무슨 일이 벌어졌는지 알게 된 때에는 정말 늦어 버린 후일 수 있다. 조용한 휴대폰에 서운함이 느껴져 눈시울이 뜨거워졌다.

패스트푸드점에 가서 아침 메뉴를 시켰다. 허겁지겁 배를 채우고 창가를 바라보고 있을 때였다. 휴대폰 진동이 울리기 시작했다. 아빠였다. 기다렸다는 듯 검지를 들어 수신을 거부했다. 바로 또 진동이 울렸다. 질 수 없다는 마음으로 재빨리 수신을 거부했다.

💬 벌써 학교 갔니?

💬 언제 나간 거야?

💬 걱정되니까 연락해

💬 어딘지 지금 당장 전화해

엄마로부터 연달아 메시지가 도착했다. 칫, 나도 모르게 소리가 튀어나왔다. 이제 휴대폰을 끌 것이다. 휴대폰을 통해 위치를 추적할 수 있다는 말을 어디선가 들은 적이 있기 때문이다. 그런데, 휴대폰을 끄면 시간도 알 수 없고 할 수 있는 게 없는데 어떡하지.

혹시 몰라 교복을 입고 나오긴 했지만 이대로 학교에 가면 안될 것 같다. 한 번도 결석한 적이 없는 내가 갑자기 학교에 가지 않으면 서연이랑 초아도 걱정할 텐데. 서연이에게 미리 톡을 남겨 놓을까. 고민하고 있는데 또 휴대폰 진동이 울렸다.

💬 누나 설마 가출?

준기의 메시지를 확인한 순간, 내가 하고 있던 고민들이 다 너무 우습게만 느껴져 망설임 없이 전원 버튼을 꾸욱 눌러 버렸다.

가방에 들어 있던 노트를 꺼냈다. 노트의 첫 페이지 맨 위에는 '다행 프로젝트'라고 적혀 있었다. 이제는 아무런 소용이 없는, 어쩌면 처음부터 아무런 의미도 없었던. 오른손으로 노트의 아랫부분을 만지작거리다가 주먹을 쥐고 종이를 힘껏 구겨 버렸다. 주먹 쥔 손 아래로 우리 가족의 이름이 나란히 적혀 있었다. 아빠, 엄마, 나, 그리고 준기의 이름을 차례로 되새기는데 눈물이 한 방울 똑 떨어졌다. 다시 손바닥을 펴서 구겨진 우리 가족의 이름을 빳빳하게 폈다.

한참 동안 멍하니 주위 사람들을 바라보다가 가방에 있는 교과서를 꺼냈다. 시간을 때우기 위해 교과서라도 봐야겠다는 생각이었다. 지금 3교시 정도 됐을까? 그럼 국어 시간일 텐데. 오늘 국어 쌤은 또 어떤 딴소리로 아이들의 졸음을 깨우고 있을까.

내가 학교에 가지 않아서 서연이와 초아는 많이 놀랐겠지? 엄마 아빠는 오늘도 아무렇지 않게 출근을 했을까? 준기는 급식실에서 두리번거리며 나를 찾을까? 떠오르는 생각들을 떨쳐 내기 위해 고개를 절레절레 흔들었다. 어쩌면 지금도 내가 더 걱정하고 힘들어하고 있는 건지도 모른다.

오후가 되고 서연이 집 쪽으로 발길을 돌렸다. 아직도 학교가 끝나려면 한 시간도 더 남았다. 혼자 있어서인지 학교에 있을 때

보다 시간이 참 안 간다는 생각이 들었다. 이럴 줄 알았으면 하윤이한테 가출했을 때 어디로 갔었는지, 얼마나 있었는지 구체적으로 물어볼 걸 그랬다. 그때 준기가 도와줬다는데 도대체 뭘 어떻게 도와준 건지. 이제 앞으로 나는 어떻게 되는 걸까. 햇살은 밝게 빛나고 있건만 내 앞은 깜깜할 뿐이다.

서연이네 아파트 앞에서 한참을 기다렸다. 우리 학교 교복을 입은 아이들이 하나둘 나타나기 시작했다. 저 멀리서 서연이가 통화를 하며 걸어오는 모습이 보였다. 통화를 하다가 내 모습을 보고는 입을 크게 벌리며 놀라는 표정이었다.

서연이는 주위를 두리번거리더니 나를 아파트 현관으로 데리고 들어왔다.

"어떻게 된 거야?"

"나 가출했어."

하루 종일 말을 한마디도 안 하고 있었더니 입을 열자마자 목소리가 갈라졌다. 목이 마른 것도 같았다.

"야, 너네 엄마 아빠한테서 다 전화 왔었어. 너 연락되면 빨리 집에 오게 설득해 달라고 신신당부하시더라. 방금도 너네 엄마 전화였는데."

"찾고는 있나 보네. 다행이다."

"너네 엄마 엄청 우셨어. 너네 아빠도 목소리 엄청 안 좋더라.

그리고 송준기 매 시간 우리 교실 왔었어. 너 아직도 안 왔냐고."

엄마 아빠가 힘들어하고 있다는 말을 듣자 순간적으로 가슴이 시렸다.

"갑자기 어떻게 가출을 했어?"

서연이의 심각한 표정을 보자 내가 무슨 짓을 저지른 건지 덜컥 겁이 났다. 이제 어떻게 하면 좋을지 막막할 뿐이었다.

"나도 모르겠어."

"그냥 아무렇지 않게 지금이라도 집에 들어가."

"그건 안 돼. 이렇게 힘들게 나왔는데 바로 집에 들어가라고?"

"그럼 어디 갈 건데? 요즘 날씨도 춥고, 무서운 일도 많이 일어나는데."

"엄마 아빠 마음 바꿀 때까진 못 들어가. 힘들지만 버텨 볼래. 나 만난 거 비밀 지켜 줄 거지?"

서연이는 나를 보며 한숨을 푹 내쉬었다. 그러고는 주머니 속을 뒤지더니 작게 접힌 녹색 지폐를 꺼내 건넸다.

"내가 잘하는 짓인지 모르겠다. 밥이나 굶지 말고 사 먹어."

"고마워. 담에 꼭 갚을게."

집 가는 방향의 반대편으로 발길을 돌렸다. 이제 곧 해가 지고 어두워질 텐데 어디에 가서 밤을 새워야 할지 걱정이었다. 눈치도 없이 배에서는 또 꼬르륵 소리가 났다. 집 나가면 개고생이라더니 정말 그렇다. 나온 지 하루도 안 됐는데 벌써 며칠은 된 느낌이다.

한참을 걷다가 길가에 있는 국밥집에 들어갔다. 혼자 식당에 온 게 처음이라 심장이 두근거렸다. 식당 주인이 나를 가출 소녀로 알아보고 신고하지는 않겠지? 구석에 앉아 국밥 한 그릇을 주문하고는 주위 사람들의 눈치를 살폈다.

하얀 쌀밥과 따뜻한 국물, 빨간 김치. 집에서 늘 누리며 살아왔던 것들이 이토록 그리워질 줄이야. 모락모락 김이 올라오는 국물을 보며 침과 눈물을 동시에 삼켰다.

"맛있게 드세요. 어?"

놀라는 소리에 당황해 고개를 들었다. 어딘가 익숙한 목소리 같기도 했다. 앞치마를 두르고 내게 음식을 갖다 준 사람은, 맙소사, 건하 선배였다. 나는 고개를 꾸벅 숙이고 인사했다.

"저녁 먹으러 왔구나? 맛있게 먹어."

건하 선배가 있는 주방으로부터 등을 돌리고 앉아 있는데, 자꾸만 뒤통수가 근질근질하다. 국밥이 입으로 들어가는지 코로 들어가는지도 모르겠다. 그런데도 배가 고프긴 했는지 술술 잘도 넘어간다. 밥을 한 숟가락 크게 입에 넣었을 때 다시 건하 선배가 다가왔다. 깜짝 놀란 나는 밥알을 뿜을 뻔했다.

"엄마가 이거 서비스로 주라고 하셔서. 맛있게 먹어."

한눈에 보기에도 침이 꿀꺽 넘어가는 수육을 한 접시 건네주며 건하 선배는 치명적인 미소를 지어 보였다. 세상에 천사가 있다면 저런 모습일까.

서연이가 준 돈으로 계산을 마치고 다시 거리로 터벅터벅 걸어 나왔다. 어느새 세상은 어둑해져 있었다. 사거리에서 어느 방향으로 가야 할지 몰라 한참을 우두커니 서 있었다.

"아직 안 갔네?"

어둠 속에서 천사가 또 나타났다. 지금 내가 가출 중이라는 걸 알면 건하 선배는 어떤 반응을 보일까.

"잘됐네. 같이 가자."

"네? 네……."

엉겁결에 대답해 버렸다. 이런 일을 바랐던 적은 없었지만 왠지 놓치고 싶지 않은 기회였다. 건하 선배와 같이 밤길을 걸었다고 하면 서연이는 몹시 부러워할 것이다.

눈은 동그랗게 뜨고 있었지만 옆은 쳐다보지도 못하고 시선을 앞에 고정한 채 걸었다. 왠지 주위 사람들이 다 우리를 힐끔거리는 것 같았다.

"요즘은 쭈나 조용하지?"

"네? 네……."

"시끄러우면 편하게 말해. 당연히 그러면 안 되는 거니까."

"네……."

혼자 걸을 땐 그렇게 멀고도 길었던 길이 이렇게 가까웠는지, 어느새 동네에 도착해 버렸다. 잠시 잊고 있었던 내 상황이 다시금 떠올랐다. 나는 지금 집에 들어갈 수 없다. 그런데, 건하 선배한테 어떤 타이밍에 어떻게 말을 하고 돌아서야 할지 고민하며 내디딘 발걸음이 벌써 골목까지 들어와 버렸다.

들를 데가 있다고 말할 생각으로 침을 꿀꺽 삼켰다. 목소리를 한 번 가다듬고 겨우 입을 열려고 할 때였다.

"형!"

쭈나가 집 앞에서부터 우리 쪽으로 달려왔다.

"안녕, 누나? 누나 엄마도 저기서 기다리고 있어."

쭈나의 손가락을 따라 시선을 옮겨 보니 정말 엄마가 서 있었다. 우두커니 서 있는 내 앞으로 엄마가 다가왔다. 가로등 불빛에 비친 엄마 얼굴이 하루 만에 퉁퉁 부어 있었다.

"얼른 들어가자."

엄마는 내 손을 절대 놓치지 않겠다는 듯이 꽉 잡았다. 얼마나 오래 나와 있었는지 손이 꽁꽁 얼어 있었다. 그 온도에 이끌려 어쩔 수 없이 발걸음을 옮기고 있을 때였다.

"지민아, 지민아!"

멀리서 아빠가 내 이름을 부르며 뛰어오고 있었다. 옷차림을 보니 퇴근하는 길은 아닌 것 같았다. 머리는 다 헝클어지고 부스스한 모습이 며칠은 밖에서 고생한 듯한 모습이었다. 아빠는 내 얼굴을 보자마자 힘껏 껴안았다. 그러고는 한참 동안 아무 말 없이 내 등을 토닥였다.

그날 밤, 나는 꼼짝없이 엄마와 한 이불을 덮고 자야 했다. 기나긴 하루의 묵은 때를 씻어 버리고 침대에 누웠더니 엄마가 옆에 바짝 다가왔다. 오늘의 내 행동에 대해 뭐라고 변명을 해야 할지 걱정을 많이 했는데, 엄마 아빠는 아무것도 묻지 않았다. 준기도 평소와 다름없이 나의 비행을 모른 척해 주었다.

엄마는 이불을 꼭 덮어 주면서 입을 열었다.

"많이 힘들지?"

나는 적절한 대답을 떠올리지 못하고 엄마에게 등을 돌렸다. 엄마는 아무 말 없이 나를 꼭 안아 주었다. 하루 종일 꽁꽁 얼어 있던 몸과 마음이 스르르 녹아 버리는 느낌이었다.

"우리 딸, 정말 미안해. 엄마가 너무 힘들어서 우리 딸 마음 살피지 못했던 거 정말 미안해. 너네한테 의논도 하지 않고 일방적으로 결정 내린 것도 미안하고. 이제 와서 뭐라고 말해도 다 변명 같겠지만, 정말 미안해. 그런데 한 가지 분명히 약속할 수 있는 건, 엄마 아빠 둘 다, 언제까지나 지민이랑 준기 가까이 있을 거란 거야. 마음만은 언제까지나. 절대 멀어지지 않아."

나를 안고 있는 엄마의 몸이 미세하게 떨리고 있었다. 나는 벽을 바라보다가 천천히 입을 열었다.

"엄마 아빠도 많이 힘들었어? 충분히 생각하고 결정한 거지? 후회하지 않겠지?"

엄마 입에서 울음소리가 터져 나왔다. 이번에는 내가 떨리는 엄마 몸을 꼬옥 안아 주었다. 엄마의 떨림에 맞춰 내 몸도 들썩이고 있었다.

♡ 11 ♡

그래도, 다시 가족

모처럼 체육 수업을 일찍 마치고 자유시간이 주어졌다. 가만히 있기에는 추워서 서연이, 초아와 함께 발을 맞춰 운동장을 몇 바퀴째 돌고 있는 중이다. 운동장 한가운데서는 남자애들이 축구를 하고 있었고 여자애들은 여기저기 삼삼오오 모여 이야기꽃을 피우고 있었다.

차가운 공기가 신선하게 느껴졌다. 고개를 들어 보니 어느새 또 학교 건물 반대편까지 와 있었다. 건물 위로 펼쳐진 파란 하늘을 넋을 잃고 바라봤다. 손을 뻗으면 끝없이 깊이 빨려 들어갈 것만 같았다.

"학교에서 하늘, 처음 본 것 같아."

만삭의 엄마가 얼마나 힘든지에 대해 토로하고 있던 초아가 고개를 돌려 내 표정을 살폈다. 서연이와 초아는 요즘 내 눈치를 많이 보고, 최대한 배려해 주고 있었다. 자기들도 힘들면서. 특히 초아는 요즘도 잠을 못 자고 늦게까지 일을 돕는지 얼굴 살이 쭉 빠졌다.

서연이가 찬바람에 꽁꽁 언 손을 비벼 녹이며 말했다.

"유난히 하늘이 잘 보이는 데가 있더라. 여기가 좀 그런 것 같네."

나는 서서히 속도를 늦추다가 발걸음을 멈췄다. 서연이와 초아는 다정하게 내 보폭에 맞춰 주었다. 다시 고개를 들어 파란 하늘을 멍하니 바라봤다. 푸르기만 한 하늘에는 상처도 아픔도 아무것도 없을 것만 같았다.

"하늘이 잘 보이는 곳이 따로 있는 것처럼, 상처나 아픔도 유난히 날카롭게 느껴질 때가 있겠지? 하늘이 원래 그 자리에 있었던 것처럼, 상처도 아픔도 원래 그 자리에 있었는데 말이야."

말하면서도 이건 일기장에나 쓸 법한 문장이라고 생각했다. 그래도 요즘은 숨기지 않는 편이다. 평생 친구 서연이와 초아에게 못 할 말은 없었다. 이렇게 오글거리는 말을 듣고도 서연이는 인자하게 고개를 끄덕여 주었다. 그 모습에 마음 한편이 든든해져 미소가 지어졌다. 그때였다.

"아, 진짜 너네 둘이 요즘 중2병 지대로다."

초아는 못 참겠다는 듯이 웃음을 터뜨렸다. 손바닥으로 양팔을 문지르며 닭살을 없애는 시늉까지 했다.

"중3 때 이런 말을 하면 중3병인가?"

"그런가. 근데 그렇게는 잘 말하지 않지 않아?"

서연이의 질문에 초아는 진지하게 답했다. 이제 우리는 곧 중학교 3학년이다. 열다섯 살도 며칠 남지 않았다. 한 해를 돌아보니 별로 남은 게 없는 것처럼 느껴졌다. 프로젝트도 성공하지 못했고, 성적은 뚝뚝 떨어지고만 있었다. 신발을 비스듬히 세워 운동장 바닥을 쓱쓱 문지르다가 입을 열었다.

"열다섯 살도 이렇게 그냥 지나가는구나. 난 남은 게 하나도 없는 것 같아. 일 년 동안 뭘 했는지 모르겠어."

말하면서 양쪽 어깨를 으쓱해 보였다. 서연이가 옅은 미소를 띤 채 나를 따라 양쪽 어깨를 으쓱해 주었다. 그것만으로도 공감받은 느낌이었다.

"그렇지 않을걸? 알게 모르게 자랐을걸? 몸도, 마음도. 자라지 않았어도 어딘가에 최소한 나이테는 남았을 거야."

초아의 입에서 나온 말이라고는 믿기지 않을 만큼 오글거리는 표현이었다. 나와 서연이는 입술을 동그랗게 내밀고 초아를 향해 감탄했다. 우쭐한 표정을 지은 초아가 말을 이어 갔다.

"특히 지민이 너는 올해 정말 열심히 보냈잖아. 옆에서 보는 내가 다 감동받을 지경이었는데? 난 엄마 아빠 지지고 볶고 싸우느니 헤어지는 게 낫다 생각했거든. 솔직히 너가 왜 그러는지 이해가 안 됐어. 여전히 내 생각이 변한 건 아니지만, 소중한 걸 지키려는 노력 같은 게 정말 멋지게 느껴지더라. 나 원래 이런 말 잘 안 하는 거 알지?"

"인정! 지민이 너 진짜 대단해!"

어색해진 나는 이리저리 시선을 돌리며 분위기를 바꿔 보려 했다.

"바라는 대로는 안 됐지만 내가 보기에 너는 충분히, 다시 행복해질 수 있어."

평소와 다른 초아의 말에 고장 난 눈물샘이 또 툭 하고 터질 것만 같았다. 입을 꾹 다물고 다시 하늘을 쳐다봤다.

"그리고 너 가출도 해 봤잖아? 열다섯에 남은 게 왜 없냐."

이어진 초아의 말에 서연이가 깔깔거리며 웃었다. 나도 덩달아 입꼬리가 올라갔다. 열다섯, 초아 말대로 남은 게 없는 건 아닌 것도 같다.

운동장 한가운데서는 여전히 남자애들이 공을 차는 소리가 들려왔다. 수시로 환호성을 지르거나 아쉬움을 표현하며 나름대로

즐기고 있는 모습이었다. 그때 갑자기 우리가 서 있는 앞으로 축구공이 날아왔다. 나는 서연이나 초아가 공에 맞을까 봐 서둘러 둘을 몸으로 감싸며 뒤로 돌았다. 축구를 하고 있던 남자애 한 명이 이쪽으로 달려왔다.

"미안해. 놀랐지?"

공은 다행히 우리 앞에서 톡 떨어졌다. 남자의 목소리가 어딘지 익숙하게 느껴졌다. 재빨리 돌아섰다.

"여기서 이렇게 만나네? 잘 지내지?"

건하 선배는 내게 인사를 건네며 천사 같은 미소를 보냈다. 건하 선배와 마주 보고 있는 내 모습을 서연이와 초아는 물론 구석구석에 있는 모든 여자애들까지 쳐다보고 있었다. 순간 처음으로 내가 세상의 주인공이 된 듯한 기분이 들었다. 건하 선배의 땀에 젖은 앞머리가 겨울 햇살에 반짝, 하고 빛났다.

*

아빠의 짐은 캐리어 하나가 다 채워지지도 않을 정도로 적었다. 신발 세 켤레, 계절별 와이셔츠 두세 벌, 바지 네 벌, 운동복 두 벌, 두 손바닥에 들어갈 만큼의 양말과 속옷……. 더 넣을 게 없냐고 몇 번이나 다시 물었지만 아빠의 대답은 같았다. 우리 집에서 아빠의 공간이 겨우 이 정도밖에 안 되었던 걸까 하는 생각이 들자 코끝이 시큰거렸다.

"아, 잠깐만."

갑자기 아빠가 안방으로 들어갔다. 옷장을 열더니 맨 위 선반에 놓인 엄마의 가방을 옆으로 밀고는 그 뒤에 있던 하늘색 상자를 꺼냈다. 상자를 품 안에 안더니 나를 보고 싱긋 웃어 보였다.

아빠는 상자 뚜껑을 열고 위에 놓인 하얀 봉투를 꺼내 내게 흔들어 보였다. 봉투 아랫부분에는 동글동글한 글씨체로 '지민 아빠'라고 적혀 있었다. 다시 보니 명백한 서연이 글씨였다. 너무나도 어색한 위조였음을 깨달았다. 이렇게 깨달음이란 때론 한참 뒤에 터무니없는 상황에서 다가오기도 하나 보다. 혀를 날름 내밀며 아빠 표정을 따라 웃었다. 상자를 넣자 비로소 캐리어가 가득해졌다.

새침하게 흐린 하늘에서 뭐라도 금방 쏟아져 내릴 것만 같았다. 우리는 엄마가 운전하는 아빠 차를 타고 공항으로 향했다. 엄마 옆에는 아빠가 앉았고, 뒤에는 준기와 내가 나란히 앉았다. 엄마의 미숙한 운전 실력에 아빠는 가끔씩 추임새를 넣었다. 하지만 엄마는 화를 내지 않고 어색한 미소만 보낼 뿐이었다. 마지막일 테니까.

우리 가족 넷이 이렇게 한 공간에 있는 게 어쩌면 마지막인지 모른다. 아빠의 해외 파견은 최소 3년, 더 길어질 수도 있다고 했다. 다음에 아빠가 돌아왔을 땐 이미 내가 성인이 되어 버린 후일 것 같다는 예감이 든다. 준기와 내가 성인이 된다면 엄마 아빠는 더 편하게 결정을 내릴 수 있을 것이다, 자신들의 인생을 위해. 이런 생각을 할 때면 준기와 내가 엄마 아빠를 붙들고 늘어지는 무거운 짐처럼 느껴져 마음이 불편했다.

준기는 덜컹거리는 차 안에서도 쉬지 않고 휴대폰 게임을 했다. 눈이 아플 것 같은데도 참 대단한 인내심이다. 나는 창문에 머리를 기대고 멍하니 밖을 바라봤다. 오늘은 마음만큼이나 몸도 무거웠다. 아침 먹은 게 안 좋았던 것 같다. 속이 울렁거리고 아랫배가 묵직한 게 불편하고 힘들다. 머리 뒤쪽은 주기적으로 찌릿찌릿하며 편두통을 만들어 냈다. 또, 요즘 너무 운동을 안 했는지 손가락 끝부분이 퉁퉁 부은 느낌이 들었다. 빨갛게 부어오른 손가락 끝을 반대쪽 손톱으로 꾹꾹 눌렀다. 지압을 할 때마다 괜찮아지는 것 같기도 하고 토할 것 같기도 했다.

최악의 컨디션에도 이 마지막 상황을 어떻게든 더 이어 가고 싶었다. 조금이라도 더 오랫동안 우리 넷이 함께했던 이 장면을 기억하고 싶다. 함께여서 행복하지는 않았지만……

공항은 여행객들로 몹시 붐볐다. 여행 가방을 끌고 있는 사람들의 얼굴에 한결같이 설렘이 묻어났다. 여행지에서 느낄 여유와 행복에 대한 기대일까. 부럽다는 생각이 들었다.

공항 입구에는 나라별 주요 도시가 하얀 글씨로 선명하게 새겨져 있는 커다란 세계 지도가 있었다. 베이징을 지도에서 찾아 보니 아빠 말대로 우리나라와 별로 멀지 않았다. 허공에 손을 들어 손가락으로 짚어 봤다. 서울과 베이징 사이는 한 뼘, 딱 한 뼘만큼의 거리였다.

나는 오늘 공항에서 절대로 울지 않겠다고 다짐했다. 정말이지 올해는 너무 많이 울었던 것 같아서 마지막에라도 눈물을 아껴 보려 한다. 하지만 다짐이 무색할 만큼 엄청난 인파와 떠들썩한 분위기에 이별하는 느낌이 들지 않았다. 드라마에서 보면 연인이 떠날 때 울면서 달려가 안기고 그러던데, 이건 뭐 달리는 게 아니라 밀려가 버리겠다.

사람들 속에서 한 걸음씩 밀리면서 아빠 손에 내 손이 닿았다. 아빠는 웬일로 반대편 손으로는 준기의 손을 꼭 붙잡고 있었다. 한 손으로는 캐리어를 끌고 한 손으로는 아빠 손을 잡고 앞으로 걸어가는 준기가 제법 의젓해 보였다. 나도 슬쩍 아빠의 손을 잡았다. 생각보다 거칠었다. 이런 줄 알았으면 핸드크림이라도 하나 사서 선물하는 건데 싶은 생각이 들자 또 코끝이 시큰거려서 얼른 고개를 가로저었다.

"여름 방학 날짜 맞춰서 비행기 표 보낼게. 그때 꼭 베이징 놀러 오는 거다."

준기가 아빠를 안으며 입술을 삐죽거렸다. 아빠는 준기 등을 툭툭 치며 말했다.

"우리 준기 건강하게 잘 지내라. 그리고 인마, 이제 공부도 좀 해."

자연스럽게 내 차례가 왔다. 아빠는 내 손을 잡더니 슬쩍 당겨 안았다. 아빠 품에 안기는 게 너무 어색해서 엉거주춤한 자세가 되어 버렸다.

"우리 지민이, 건강하고 공부 열심히 하고. 여름에 보자."

나는 금방이라도 아빠 얼굴이 기억나지 않을까 봐 고개를 들어 아빠를 빤히 바라봤다. 웃고 있는 눈가에 주름이 몇 줄이나 깊이 패어 있었다. 언제 이렇게 주름이 생긴 걸까, 우리 아빠…….

아빠와 엄마가 서로를 마주 봤다. 눈시울이 붉어진 엄마를 보고 아빠는 웃으며 고개를 끄덕였다.

"잘 갔다 와. 술 많이 먹지 말고, 끼니 거르지 말고, 이제 건강 관리 해야 될 나이인 거 알지?"

"건강하게 잘 지내. 애들 잘 좀 부탁해."

아빠가 말하는 동안 작게나마 한 발자국씩 나아가던 엄마는 어느새 아빠 품에 안겨 있었다. 나는 이 장면을 잊지 않기 위해 두 눈으로 꼼꼼하게 담았다.

생각보다 싱거웠던 인사였다. 드라마에서는 공항에서 울고불고 하다가 떠나지 않는 일도 많던데, 역시 그런 일은 일어나지 않았다. 주위에서 영어와 중국어, 일본어가 뒤섞여 들려왔다. 어수선하고 정신이 없었다. 뒤통수가 계속 찌릿찌릿하다 보니 조금씩 어지럽기까지 했다. 아랫배는 계속 묵직한 게, 빨리 화장실에 가야 할 것만 같았다.

속옷에 새빨간 피가 묻어 있었다. 밑을 닦을 때마다 조금씩 피가 묻어 나왔다. 한 손으로 아랫배를 동그랗게 쓸어 봤다. 친구들이 얘기하던 그 증세와 비슷한 것 같았다. 드디어 나도 초경? 기다리고 기다리던 초경이었건만 한없이 찝찝하기만 했다. 생리대를 준비해 오지 않아 임시방편으로 휴지를 돌돌 말아 속옷에 겹쳐 올렸다. 금방이라도 다 젖어 버릴까 봐 걱정이 돼서 휴지를 조금씩 덧댔다.

불안한 마음에 일어났다가 다시 앉았다가를 반복했다. 겨우 일어났지만 신경은 온통 그 부분에 쏠려 있었다. 친구들이 생리를 할 때마다 힘들어하는 이유가 벌써 이해됐다. 시간이 점점 지나가고 있었다. 왜 이렇게 늦게 나왔냐고 준기가 짜증을 낼 게 분명했다.

세면대로 가서 손을 씻는 중이었다. 뒤에서 누가 내 등을 톡톡 두드렸다. 엄마가 내게 생리대 하나를 쑥 내밀었다.

"이거 필요한 거지?"

"어? 어떻게 알았어?"

엄마는 대답 없이 빙긋 웃어 보였다.

어느새 눈이 내리고 있었다. '펑펑'이라는 단어는 이런 풍경을 표현하기 위해 만들어진 말일 것이다. 그야말로 흰 눈이 펑펑 내리고 있었다. 주변이 온통 하얀 나라였다. 어릴 적 부르던 노래가 기억난다. 꿈과 희망이 가득했던 어린 내가 노래를 부를 때면 엄마 아빠는 손뼉을 치며 애정이 가득한 미소를 지었을 것이다. 이런 장면을 떠올리자 '행복'이라는 단어가 절로 따라왔다.

공항 건물 뒤로 비행기가 날아가는 모습이 보였다. 서연이 말에 의하면 이륙할 때 느낌이 꽤 아찔하다고 한다. 땅에서 발을 떼는 비행기를 보며 호흡을 가다듬었다. 저 비행기를 타고 아빠는 여기서 한 뼘만큼 떨어진 곳으로 이동하는 것이다. 단지 그뿐이다. 몸은 한 뼘만큼 멀어지더라도 마음만은 항상 가까이에 있을 테니 괜찮다. 괜찮을 것이다.

엄마는 눈길 운전이 걱정된다며 걸음을 서두르고 있었다. 엄마 뒤를 떡하니 걷고 있는 준기가 보디가드 같았다. 잠시 멈춰 차가운 공기를 힘껏 들이마셨다. 신선하고 상쾌한 기운이 몸속 가득 전해졌다. 다리를 넓게 벌리기 어려워서 보폭을 작게 해 종종걸음을 걸었다. 엄마와 준기의 모습이 점점 가까워졌다. 내 걸음을 따라 하얀 나라에 선명한 발자국이 만들어졌다.

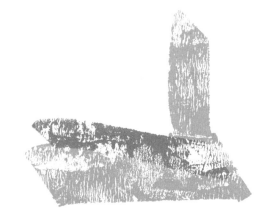

수상한 가족 ♡
행복을 부탁해